いつか別れる。
でもそれは
今日ではない

F

JN181858

KADOKAWA

はじめに

真夜中が、寂しくてよかった。

眠れないなら起きていればいいし、好きな人に好きな人がいるならば強奪する戦略を立てたらいい。失恋をしたなら哀しむ義務以外は持たなければいい。寂しいならば、温かいモノを食べて暖かくして眠ればいい。と、人には言える。人には簡単に言える。そうであるのに、私たちはそうはしない。そうできない。そうしたところで救われないと、きっともうどこかで気づいているからだ。季節も雨も香りも寂しくてよかった。ディズニーランドもインターネットもプラネタリウムも、放課後も帰り道も、青春も煙草も文学もイヤフォンも、寂しくてよかった。失恋も嘘も一人暮らしもコンビニも、東京も地下鉄も図書館も、憎い人も、愛おしい人も、あなたも私も寂しくてよかった。

そうでないと、こうして出会えていなかったから。

ある夜のこと。「ひとりきりの夜はどう過ごすのがいいと思うか」という一文だけのダイレクトメールが私のツイッターに来ていた。なんの気もなく、それらしい返答を私は彼にしたと思う。セックスか自慰か哲学でもしとけばいい、とは言わず、大量の本や映画や音楽を見て聴いて、寂しさを抱えたまま、どこまでも遠くに人で行けばいい、と。そうすれば誰かにどこかで会えるはずだ、と答えた覚えがある。

思えば無責任な答えだ。でもその夜、彼が求めていたのはたった一夜のその「誰か」との衝突だった。役に立つ方法論でも意味のある言葉でも名言でもない。恋でも愛でもない。たった一夜を越えるためだけの、なにか。

寂しさに対して抵抗するなんて無駄な行為だと、本当は誰もが気づいている。私の眠れない夜と、誰かの寂しい夜と、それに気づかない振りをし続けた私の、どうしようもない独り言が一定数を超えたから、この春、一冊の本を出すことにした。「寂しい」という台詞は、帰る場所がある人だけが言える台詞らしい。もうそんな台詞を簡単には口にできなくなった、すべての人の夜に、この本を贈りたい。

こんばんは。初めまして。Fです。どうか、良い夜を。

CONTENTS

3章 「寂しいって言って」

4章 恋愛を越えろ、夜を越えろ、永遠を越えろ

ブックデザイン　小口翔平＋喜來詩織（tobufune）
カバー写真　Farknot Architect/Shutterstock
本文写真　F

1章

恋愛講座、もしくは反恋愛講座

001

憧れと好きの違いについて

美術の先生が好きだった。

小学生の時、「先生のおすすめの本ってありますか」と彼女に訊ねると「あなたが私の好きな本を読んで、私の好きな言葉を覚えて、私が好きそうなことを話しても、あなたのことは好きなままだけど、大好きにはならないと思う」と、先生は笑った。「だから、あなたは私の知らない本を読んでね」と。少なくとも、優等生であろうとしていた私はその日優等生であることを辞めた。

彼女が好きだった本は、なんだったのだろう。彼女はその二十年後、肺癌になって死んだらしい。私から始めた文通は、私が私の悪筆を許せなくて、結局続かなかった。彼女は紫色のショートヘアだった。だからか私はいまだにショートヘアの女性に弱い。小学校の卒業式の時、いつかデートしてくださいね、と先生に言った。彼女は天国で今頃、一人で油画でも描きながらハイライトを吸っているのだろう。

当時、彼女の煙に巻いたようなあの台詞に私はなにも言い返せなかった。まともに傷ついたのだ。「大好きにはならないと思う」という、その台詞に。

おすすめの本を訊くのは、今でも私にとっては告白だ。おすすめのアーティストを訊くのも。なんとかそれを直接訊かずに、その人が好きなものを知ろうとする。好きだとバレたくない。当たり前だ。

好きなものを訊くのって、ちょっと失礼になるかもしれないと今でも思っている。テスト前に、真面目な同級生のノートを借りる行為に似ている。その人が必死で探したものをすんなりと教えてもらうというのは、正しくないのである。本人にとって、好きなものとは、そのくらい神聖不可侵で、尊厳と孤独に満ち溢れている。

憧れと好きの違いは、あるようで、ない。ないようで、ある。

憧れを持った好意は、消えない。敬意を持った好意も、滅多に消えない。どんなに口論をしても、相手が尊敬に値する人物である限り、「口論をしない」という選択肢が最後まで残存し続けるのだ。

それにしても。私があの時言うべきだった台詞は「大好きになってもらえなくてもいいので、あなたのことが、ただ知りたい」という一言だった。もしくは「あなたに近付くためなら、どこまでも傷つく覚悟はありますよ」という、その一言だった。

憧れは、傷つきたくないという距離だ。好意は、傷ついてもいいという覚悟だ。

今でも好きなアーティストのライヴに行けない。行く勇気が出ない。チバユウスケがライヴでマイクスタンドを振り回して、それが彼のカカトに激突してアイタタタとなったらどうしよう、と思う。椎名林檎がライヴで間違って階段で転んでしまったらどうしよう。ベンジーは歌詞を忘れてもカッコいい。でも曲と曲の合間のMCで「俺、ディズニーも好きだよ」とか言われてしまったらどうしよう。気付いたらミッシェルも東京事変もブランキーも解散していた。解散を祝えないファンは、真のファンではないことくらい知っている。思ったのと違う、と思うのは愛ではないのだろう。こうあって欲しいと思うのも、愛ではない。

カッコいいから好きになった。でも、カッコよくない所も愛さないと、それは憧れの域を出ていない。すべてを好きにはなれないかもしれない。でも愛おしく思えたら、それはまぎれもなく愛なのだと考えるのである。

「～だから好き」はlike、
「～なのに好き」はloveだと思う。

002

結局人は、見た目か、中身か

結局人は、見た目が大事なのか、中身が大事なのか。答えはこうだと思う。
見た目以上の中身でなければならない。
逆に、中身以上の見た目に魅力はない。

もう私たちは見た目だけで誰かを愛せるほど若くはないし、性格だけで愛せるほど達観したお人好しでもない。人生の半分以上は、そんな子供でも大人でもない期間だ。そのくらい気ままでいいのだと思う。そもそも選択肢が二択しかない問題は設問自体が間違っているものだ。大抵用意された選択肢に、正解はない。

ともあれ、選択問題を解くのは簡単である。でも「それを選択した理由を述べよ」という問題になると、話は幾分ややこしくなる。

人は、とにかく理由が好きな生き物だ。なににでも誰にでも理由を欲しがる。たとえば初対面の人と互いの趣味を教え合う場面で「どうしてそれを好きになったのですか」。就職や転職の面接の場面で「どうしてそれを始めようと思ったのですか」。あるいは、友人との会話で「どうしてその人と付き合おうと思ったの」。

まぎれもなく、知りたいという好奇心があるから人類は猿人から進化を遂げたのだけれど、「なぜそれを好きになったのか」という質問は、たまに軽い暴力のような響きを伴って襲ってくる。そうして毎度その類の質問に、私は頭を抱え込むことになる。

好きになった理由は、答えにくいからだ。本当に好きであればあるほど。

適当な理由はもちろんいくらでも思いつく。

どうしてその人のことが好きなのかと訊かれて、「笑った顔が好きだから」だとか「優しいから好き」と答えるのは簡単だ。でも、事実は違う。その理由らしき理由は、他の「顔の良い人」や「もっと優しい人」といった、その特性を満たす他の人と代替可能なはずだった。しかし、そんなどこにでもいる代替可能な人間に魅かれたわけでは、断じてない。「だから好き」ではない。ふと、好きになってしまった。

そうだ。論理的に説明できないから好きになった。あらゆる言葉や修辞ではもはや取り繕えないから好きになった。もはや誰かに説明する必要性さえ感じないし、そうすることも不可能だと思えるほど、途方もなく孤独にさせられたから好きになった。

一体全体、理由がわからないから、好きなのだ。

だからもう、好きに、理由はいらないと思う。

だからもう、私たちは、誰かに理由を訊くということを放棄していいと思うのだ。どうしてそれを好きになったのかと訊かれて、いいえ、分かりません、と答えたなら、こいつは無責任な人間かもしれないと思われるかもしれない。でも、それでいいのだ。それが唯一の真実なのだ。

私たちは分かり合えないままでいい。

誰とも分かり合えないまま、黙って愛し合いたいのだ。

003

ディズニーランドみたいな女

「もっと良い人」や「運命の人」だなんてものを探して、街を彷徨《さまよ》い続ける人を、ディズニーランドみたいな女と私は呼びたい。

世界は、二十四時間年中無休営業のディズニーランドのようだ。前向きに生きろとかポジティヴになれとか、失恋から立ち直る方法という陽気なアドバイスが飛び交う。私も、できれば笑って暮らしたい。それでも笑えないことは起こる。そんな時、本当に自分を救ってくれるものは、前向きなものでもポジティヴなものでもないものだ。ディズニーランドから最も遠い場所で作られたなにかなのだ。iPodのプレイリストに、とびっきり暗い曲がない人の語る話なんて、私は一言も聞きたくない。

ところで、好きになった理由も、いつかは嫌いになってしまうのが人間の常らしい。

この人は優しいから好きと思っても、いつかその優柔不断に嫌気が差す。夢を追いかける姿が素敵だと思っても、その根拠のない自信や現実への無頓着さにふと疑問を持ち始める。おっとりしている所に苛立ち始める。その人は確かに自分に持ち合わせがない長所を持っていた。どんな短所も、裏を返せば、その人の長所であるように、きらめいて見えた長所も短所に見え始める皮肉。そうして「運命の人」を探し始める。

自分探しをする人は、鏡を見ようとしない。

運命の人を探す人は、お相手のことも自分のことも見つめようとしていない。

そもそも、もっと顔が良い人はいくらでもいた。もっと優しい人は、いくらでもいた。もっと頭の良い人も。もっとお金持ちの人もいたのだ。それでも、その人の欠点が故に、その人を好きにならずにはいられなかった事実。

それ以上に正しい「好き」なんて存在しない。

長所で好きになり、欠点で愛する。見返りを求めない。特別な理由もない。

これが王道の愛し方というものだ。

「もっと良い人」や「運命の人」という口にするのも恥ずかしいほどバカバカしい何かを探す旅は、もう終わりにすべきだ。

それらは探すのではなく、作るものなのだ。

まずは簡単に人を「好き」になった、その「好き」を自己検証した方がいい。自分の「好き」のハードルを、自転車のサドルの高さを調整するように、正確に設定する。相手のなにかをどうしても変えたいなら、それを冷静に話し合えるか。あるいは冷静に話し合える言葉や距離感覚、その余裕を互いが持っているか。その度量はあるか。知性はあるか。経験はあるか。経験はなくても、優しさは、愛はあるのか。

そんな徹底的な自己検証が、誰かを愛する準備のすべてだと思う。

どうしようもないものが、
どうしようもなく愛おしく、
私たちは、どうしようもない。

004

第三次可愛い戦争終了宣言

桜を見ていて、ふと思った。

綺麗には怖さがある。可愛いに恐怖の要素はない。綺麗には他を殺す作用がある。可愛いはむしろすでに自死に至った趣。綺麗は低温か氷点下だけど、可愛いには少しの温度がある。綺麗は振り向かない。可愛いは不思議とこちらを見つめている。綺麗はただの一回性に賭けている。可愛いは永遠に近い。

この「綺麗」は、「美しさ」という言葉に換えてもいいかもしれない。

もっと具体的なところに、「美しい」と「可愛い」の違いは現れる。

たとえば、おだてられると少し頬が赤くなっちゃうとか、ここぞという時そういう台詞が恥ずかしくて言えないとか、言語表現が目の前の状況に追いつけなくて泣いてしまう以外に表現の方法が無いとか。そんな不器用な素直さが「可愛い」ということであれば、これとはまったく逆の行為を瞬時に遂行できるしたたかさが「美しい」ということのように思われるのである。

綺麗なものか、可愛いものか。美しい人か、可愛い人か。

この二択なら断然、この国は、人も物も、可愛い派を選ぶ。

Googleの検索結果では「きれい」は約2億件のヒットに対し「かわいい」は約4億件のヒットである。後者は他言語圏に輸出された言葉だから、当然の結果かもしれない。そうでなくても「可愛い」は『枕草子』の時代まで由来を遡るほど、歴史と奥行きが深い。これまでどれだけの人が「可愛い」に惑わされたのだろう。

可愛いと言われ続けたくて血眼《ちまなこ》になっている人もいれば、可愛いと言われ続けて行方不明となった人もいる。可愛くなりたくて醜くなる人もいる。可愛さに頼り続けて醜くなる人もいる。可愛いだけで可愛くない人もいる。可愛くあれと言われて可愛くなくなる人もいるだろう。

結局、人間なんてみんな可愛い。

遠慮がちで、好意を伝えられず、他人の悪意に驚き、自分の悪意を嘆き、人間関係にお行儀よく悩んでいて、媚びるのが上手く、ちょっと依存的で、同じような誰かと群れる。たまに思い出したように傲慢に振る舞ったりする。どんな最低なことがあっても、なんとか無理して明るく振る舞おうとしていて、そうしていつかは憧れの人を振り向かせるため、好奇心豊かに流行にアンテナを張って、胸に期待を秘めて生きている。

でも、可愛いままである限り、周りの人間に、流行に、その時の感情に、世界に、振り回され続けるということである。そしてまた世間的に可愛くあろうとすることは、いつまでたっても自己決定権を手中に収められないということだ。

そう、私は断然、アンチ可愛い派だ。

可愛くなりたいだなんて、くだらねえと思う。竹下通りが嫌いだ。虹色のパスタやケーキも綿飴も嫌いだ。可愛いでしょと言わんばかりの人や物に対しては、一瞥もくれてやらないと決めている。見てくれの可愛さに必死にしがみついても、すぐに次の「可愛いなにか」が現れる。可愛いだけの競合は街に溢れている。すぐに消費し、消費される。

可愛さで勝負するのは、もう卒業すべきだ。

世界に媚びるのは、もう終わりにすべきだ。

この随筆は、極私的な散文で終わらせる。

私の思う美人は、好意も殺意もまっすぐ本人に伝える故に、人間関係についてほとんど悩むことはなく、誰かに媚を売ったり、頼る必要もないから、群れる必要もなく、明るく振る舞う必要もなく、誰かを振り向かせる必要もなく、振り向かれることに完全に飽きていて、そうして一人で幸福に絶望している、そんな人だ。

パパやママって単語を覚えるより早く
「キレイ」という言葉を覚えた子供が
星や花壇を見てもなにを見ても「キレイ」と言う
という話を友人から聞いてそれが頭から離れない。
贅沢とか幸福とかは手に入れるものではなく
気づくものだとして、この子供はどんなに贅沢で
幸福なんだろうと思う。見習いたいと思う。

005

外見から溢れ出てしまうその人の本性と愛、もしくは絶望

左手と右手の指に嵌められた指環の数は、その人が同時に愛せる人間の数だと思う。

根拠はない。普通一個で十分なのに、二個三個と付けている人は、満たされないか、虚栄心か自信が強い。一つには決められないことを、隠そうともしていないからだ。

一方、身に付けた腕時計にはこんな説がある。

異性に求めるスペックは、愛用している腕時計や、もしくは欲しいと思う腕時計に求めるスペックと同じだという説だ。ちなみに私が腕時計に求めるものは、ぶっ壊れても何度でも新品を買えるお手軽な値段か、六〇年代の古風なムーンフェイズが付いた寂しそうでロマンチックなニュアンスのものである。

手の先、指の爪にも、諸説ある。

女の凝りに凝ったネイルを男が否定するのは、男には小さいモノの美が理解できないからでは、ない。あのパールや貝殻の装飾が、セックスの時、自分のアレを傷つけることを真っ先に連想させて慄くからである。女が男の汚い指先を忌み嫌うのは、爪の先にまで神経のいかないそのズボラさに生理的嫌悪を覚える、というより、その爪が清潔でないとこちらのアレが病気になると無意識に踏んでいるからではないか。


男の腕に浮き出た血管が好きという女性もいる。それは無駄な脂肪がなく健康的な身体であることを意味する一方で、浮き出た血管なんてまさにアレのアレそのものでもある。血管フェチなんて、人前で気軽に言っていいフェチではない。

手許だけじゃない。足許にも情報は多い。

靴で人を判断する、どうしようもない人が多いから、靴にはお金を掛けた方がいい。初対面の時、靴底の減り具合で、この人普段疲れているのかしら、と思われるのも損だ。見栄はヒールの高さに表れるだろう。また、かかとのすり減り方でその人が前のめりに歩くせっかちタイプか、後ろのめりに引きずるように歩くタイプかすらも分かる。なんであれ、あんまり人の靴を見続けたくはないものではある。

なにか良いことをされて「ありがとう」ではなく「すみません」とか「ごめんなさい」と反射的に言ってしまう人は、きっと人知れず苦労したことがあるのだろう。「なるほど」が口癖の人は超越的だし、「要するに」が多い人は仕切りたがりでせっかちだ。そのまんまだ。


性格は顔に出る、本音は仕草に出る、感情は声に出る、というあられもない仮説が正しいなら、きっとこんな仮説も許される。プライドは襟に出るし、警戒心は鞄の口に出る。余裕は歩く速度に出るし、厭世観は眉間に出る。反骨心は筆跡に出るし、自罰傾向は爪に出る。他罰傾向は椅子の座り方に出るだろう。SNSや悪口や愚痴に、その人が欲しくても手に入れられないものが克明に出る。嫉妬の昇華の仕方に、その人の美しさが出る。人の責め方に、甘えが出る。

別れる理由には、その人の許す許さない閾値がすべて出ていることが多い。だから、前の恋人とどう別れたのか気になる。ところで別れるタイミングと噛んだガムを捨てるタイミングは、同じらしい。

006

絶対的な愛が現れる場所、あるいは身体目的だったのねとか言う女の斎場

身体目的ではない男なんて、一人も存在しない。

LINEの男とのチャット履歴を見返すといい。

「会いたい」も「ちょっと一杯どうですか」も「疲れた」も「腹が減った」も「寂しい」も「今日は仕事頑張った」も「映画見に行こう」も、「セックスしたいです」と言ったらちょっとそれはスキャンダラスで失礼かしら、と、男なりの可憐な乙女心から思い止まって、そう言っているだけである。

「終電大丈夫？」だなんて訊いてくる男が仮にいたとする。それはどこかの恋愛指南書でも読んで偶然覚えておいた一行を、機械的に口から披露してみせただけである。

断じて、優しいわけでも、気が利く男というわけでもない。

男はまぎれもなく、ちょっとプライドが高くて、本音を告白するには一億年かか

る、性器そのもののようなものだ。日本刀をiPhoneに持ち替えようが、ちょんまげが七三分けになろうが、性器、そのままだ。

愛されているかどうかは、だから、イッた直後の男を見るしかない。

まさに男の本心を確かめる、最大の信頼が置けるタイミングだ。瞬間最大風速直後の愛。イッた直後の男は持ち前のＩＱが2にまで低下すると聞いたことがある。真偽の程はいざ知らず、少なくとも、くだらない嘘を吐く余裕はないことは間違いない。そんな状況で「愛している」と言われたら、それはまぎれもなく本物である。


逆に、こうとも言える。イッた直後も女を甘い言葉で騙すことができる男は、その道の天才と言うしかない。嘘もお世辞も上手く、だからこそ取引先も上司もその誠意で騙すことができ、仕事ができ、金を稼ぐ男である。たった一つ足りないのは、貞操観ぐらいだ。こんな男に騙されたら、もう仕方ないとしか言えない。

どんな身体もやがて朽ち果てる。ディズニーランドや歌舞伎町を手をつないで歩く老紳士と老淑女が、途方もなく眩しいものに見える。それは彼も彼女も、身体という問題をとっくの昔に超越してしまったからだろう。

007

男の建前と本音

建前「(「会いたい」と言われ) 最近忙しいんだよね」
本音「君と会っても全然癒されない」

建前「幸せになってほしい」
本音「もう会いたくない」

建前「個性的な趣味をお持ちなんですね」
本音「生理的に無理」

建前「そのネイル可愛いじゃん」
本音「って言ってたら楽勝だろ」

建前「疲れた」「眠い」「会いたい」「今日会える？」「おなかすいた」
本音「セックスしたい」

建前「モテそうですね」
本音「クソビッチっぽいけど、なんか隠してねえだろうな」

建前「可愛いですね」
本音「俺のタイプじゃない」

建前「今は恋人欲しい気分じゃないんだよね」
本音「セックスはしたいけど、恋人にする気は全然ない」

建前「友達に戻ろう」
本音「身体の関係は継続したい」

建前「引越そうと思うんだけど」
本音「俺と住む気はあるの？」

建前「てか浮気とかめんどくさいよ」
本音「嘘です」

建前「ほんとおまえだけだから」
本音「大嘘」

建前「俺のこと好き？」
本音「おまえはチョロい」

建前「転職しようと思ってるんだけど」
本音「俺と結婚する気はある？」

ずっと一緒にいようと言われるより、
来月の予定を押さえてくれた方が嬉しい。
結婚しようと言われるより、
黙って婚姻届を差し出される方がまだ誠実だ。
幸せにすると言われるより、
三日に一回チロルチョコをくれた方が信じられる。
絶対的な約束は、言葉では交わせない。
行動でしか、守れない。果たせない。

008

男が本当に愛している人にしかしない言動を、好意度100点満点でそれぞれ評価する

男の好意度を、それぞれ行為別に、100点満点で評価していこう。「超愛してる」が100点。0点は脈なしとする。

なぜ元恋人と別れたのか、その理由を訊ねられたとしたならそれは万国共通、通常の好奇心を持たれている証拠である。とはいえ、場合によってはあなたにすべらない話を語ってほしいだけの場合もある。10点。

現在恋人がいるのかどうかを訊ねるのも、出方を窺っている証拠である。これも10点。男の訊ね方が遠回しであればあるほど、点数は高く評価していい。「去年のクリスマスはどう過ごしたの」とか「そのアクセサリー素敵だね、誰かからプレゼントでもされたの」と訊ねるのが臆病な男のやり方である。古き良き腹の探り合いである。

これとは真逆で「モテそうだよね」とか「可愛いね」という褒め言葉を口にするのは、「むしろ俺は全然興味がありませんよ」という証拠。女の可愛いには星の数ほど多様な意味がある。しかし男が簡単に口にする可愛いは無表情の「ウケる」と同じくらいだとお考えいただきたい。可愛いと本気で思っていたなら、口が裂けても言えないもの。イタリアのナンパ男とは一緒にするな。マイナス50点。

奢るのは社交辞令だ。しかし、二回も奢るのは社交辞令ではない。30点。三回も誘うのは明らかに気がある。しかも、その店は自分が常連としているちょっと価格帯が高い所なら、40点くらいか。嫌いな人とはご飯なんて行かない。一方、たかが三回の食事でホテルに連れ込まれそうになったら、マイナス50点くらいである。本当に落としたい相手を簡易な展開に巻き込むことは普通はしない。好かれてはいる。でも、全然愛されてはいない。

好意が高ければ高いほど、デートのエスコートが下手くそなのが男だ。会話が飛んで、アワアワとなるのが男だ。

前置きが長くなった。こんなことは誰でも知っていることであった。

ＬＩＮＥやメールで一週間後の予定を訊かれたら10点。明日の予定を訊かれたら5

点。今夜の予定を訊かれたら1点。常識である。

こちらが訊いてもいないのに、「なんか今日こんなことあってさ」とまったくオチのない話をされたら25点。

どうでもいい話は、告白のようなものだ。それは、男でも変わらない。自慢話は1点。すごいと思われたいのはみな一緒。新橋のおっさんじゃあるまいし。

「俺の友達に会ってくれないか」と言われたら50点。友達が下す、あなたへの客観的な評価が知りたい。興味のない男にあなたがどんな態度を示すか知りたい。ついでに、あなたを親に会わせたらどうなるかも前もって知っておきたいのだ。

「たまにはファミレスに行こう」と言われたら60点。金がないという深刻な理由もある。しかし、自分にお金がない時にあなたはどう振る舞うか知りたいのだ。いつも奢ってくれるのに、割り勘でもいいかどうか訊かれたら同点の評価を下してもいい。男は自分にお金がないと思われることを、勃起不全と思われるより嫌がる。それでも、窮状をちゃんと告白したのは、あなたを暫定的に信頼し始めたからである。

親密になってからの、「痩せなくていいんじゃないかな」は65点。ダイエット話をして、もし相手に話を逸らされたなら、ダイエットはした方がいい。

難易度が高いとされるディズニーランド・デートは、測定不能。稀にディズニーランドが心底好きな男がいるからだ。ディズニーランドの入場ゲートを潜るだけで頭痛が走るような男がそこに付き合ってくれたら、仮に70点くらいとしておこう。あれは男にとって週末出勤のようなものだ。

セックスの時に何度も何度も求められるのは75点。何度もヤラないと気が済まないのは、男の性欲が強いからではない。相手が自分のものになったとまったく思えないから犯し続けるしかないのだ。好きだが、好かれていると男は確信できていない。所謂、ちょいと切ない距離である。

イッた後に「愛してる」と言われたら、89点。めっちゃ好きである。セフレには、絶対に言えない台詞。セフレの状態で男にこれを言わせた女は落とせる可能性がまだある。

でも、本気の好きは、もっと現実的で、もっとヘヴィーで、もっと切ない。時として相手を不安にさせることを厭わないものだ。

普段は強気で勝気な男が漏らす、仕事の愚痴や弱音は90点。「引越そうと思うんだけど」も90点。「転職しようと思うんだけど」は95点。これらは軽い身の上の相談に見えて、実質全然違うのだ。

もはやあなたが好きとか嫌いという段階を超えて、自分の人生に付いてきてくれるかどうか、ライフステージの規模であなたとの未来を考えている。あなたと一緒に暮らしたいと思っている。ちゃんと俺に付いてきてくれるかどうかを確認しているのだ。

結婚して、セックスしなくても仲良いままなら99点。もう誰もあなたには勝てない。浮気されても不倫されても、あなたにはどんな女も勝てない。ま、人生なにがあるかは分からないですけどね。

さて、100点満点の行為とはなにか、ここでは語らず、唐突に筆を置かせていただく。

良いアバンチュールを。

ずっと一緒にいたい、という執着より、
いつかは別れる、という覚悟を。
なにかしてほしい、という甘えよりも、
なにかをしてあげたい、という御節介を。
哀しい、という脆弱性よりも、
哀しくさせられて嬉しい、という少しの異常を。

009 インターネットと恋と文体診断

私の個人的な経験則によるものだが、筆跡による性格診断というものがあるように、もし文体による性格診断というものがあったとしたら、こういうことになると思う。

美しい文章を書く人↓実際は冗談しか言わない
攻撃的な文が多い人↓非常に礼儀正しいし一途・早口
下ネタを書き散らす人↓純情・照れ屋
句読点がやたら多い人↓早口・専制的・寂しがり
片仮名がやたら多い人↓残業しがち・仲間を大切にしがち
平仮名がやたら多い人↓計算高い・第一印象は良い・怒ると怖い
漢字がやたら多い人↓酔うと可愛い・ロマンチスト・へんたい・エロい

一文が異様に長い人→議論好き・もちろんしつこい
絵文字の多い人→要求する愛（特にセックス）の質と量がすごい
顔文字の多い人→やっぱりセックスの時の相手への要望がすごい
感嘆符の多い人→無口・潔白・利発
文章が面白い人→ごく一部の例外を除いて、全然モテなかった過去がある

言語が世界の限界である、とはウィトゲンシュタインの台詞だ。

文体は世界解釈の拠り所である、とは三島由紀夫の台詞である。

つまり、文こそ、人だ。

出会い系というものを私はやったことがない。大体この世界自体、出会い系のようなものだからだ。面白い文章か美しい文章を書く人としか私は会わないと決めている。そんな人といざ会ってみたら、面白くない人であったり美しくない人である可能性は数パーセントくらいのものである。逆に、面白くない文章や美しくない文章を書く人に会ってみても、ほぼ百パーセント、つまらない。

現代は、まぎれもなく、その人に会うよりも早く、その人のテキストを先に目にすることの方が多い。

社会人になる前も、なった後も、である。

そんなご時世において、ビジネスメールというのは突出して味わい深いものである。

「よろしくおねがいいたします」と書いて送る人より「宜しくお願い致します」と書いて送ってくる人の方が圧倒的にまともな率は高い。新人一年目から退職日の当日まで、およそ人によっては百万回タイピングしなければならない、どうしようもない文章にこそ、その人の性格は細部に表出する。

「お世話になっております」から「宜しくお願い致します」まで、制服を着せたようなフォーマットの中で、それでも文体や改行や漢字変換から滲み出る隠し切れない個性。その時々の送り主の寛容さ・苛立ち・誠意・緊張・悲哀といった感情。打ち合わせの前段階で、あぁ大体この人はこういう人なのだろう、だからこういう感じで行くとちょっとやばそうだなというのがかなりの精度で推知できるようになる。

インターネットで始まる恋愛があっていいかよくないかという議論は、もうとっくの昔のものになっている。すったもんだがあって、私たちはまた、短歌を送り合って相手を選ぶ時代へと誇り高く退行したのだ。そうして甘い言葉で騙し合う時、相手の本心を見定める上で、相手の文体を見極めるということを正式に追加してもいいのではないかと思う。

好きな人を好きになったきっかけが、見た目でも行動でもなく、その人が書く文章だった時、上手くいくことが多かった。

文体や単語や、その視点に滲み出る知性・感性・論理・性格そのすべてをまとめて好きになっていたからだろう。顔なんて、みんな大体同じである。そもそも外見を通して築かれた価値観は、ある程度文章に反映されていたりする。その価値観を、なるべく文章から正確に抽出するのだ。

一つの文章が書かれたということは、つまり、その他九十九億の「生成されていたかもしれない文章」が、あえてそこには書かれなかったということである。

好きになるきっかけは、文章でもなんでもいい。どんなくだらない理由でもいい。それでも、相手を好きでい続けられる理由は、まったく言語化できないほど、上手くいくものである。なぜこの人が好きなのか分からない、その空白に、一人で耐えられた時、私たちは上手くいくのである。

それがなぜかは分からない、それがなぜかなんて、どうでもいい。

010

歳上の男を軽く落とす方法

歳下の女を誑《たぶら》かす男は、世話好きであり、精神的に安定していて、話をするのも話を聴くのも上手い。キャリアもセンスも知識も金も威厳も余裕も自信もすべて持っているように見える。

しかしそんな彼には、自信だけは、完璧に欠けている、というのが私の持論である。

歳下のその女と同じくらいの年齢だった時、なんらかの理由で遊べなかった青春をいまさら歳下の女とイチャイチャすることで、全力で取り戻そうとしている。現代の谷崎潤一郎である。が、谷崎のような優雅な愛し方ではない。まさに板チョコレートが春の陽射しを浴びドロドロに溶けて半液体になったようなどうしようもない男が、歳上の男であるということを、何回、何十回と口酸っぱく全国のパパやママが警告したところで、やはり歳上の男は歳下の女にモテるものである。

実際私が可憐な乙女であったとして、リリー・フランキーやゲイリー・オールドマンやマッツ・ミケルセンに今夜一杯飲もうとでも言われた日には、全身の無駄毛を数分で処理するだろう。

女子高生や女子大生の肩書きになんの価値があるんだよと思う。しかし、その肩書きが好きな男もいる。

魅力的な男は、誰から見ても魅力的な男（のように思える）のだから、仕方がない。

標題は、歳上の男を落とす方法である。

できれば肩書きで必要とされたくない。見た目だけで必要とされたくない。ただ、言葉と行動、つまり自分そのもので落とすのが理想だ。その方法とは私が思うに、左記の通りである。

①甘えるな、甘やかせ
本来、歳下は歳上に甘えるのが仕事だ。歳上は歳下を甘やかすのが仕事だ。

しかし歳上の男を落とすなら、ここぞという時に徹底的に甘やかし、立場の優劣を逆転させるべきである。

②具体的には、褒めておく

根本的に欠けている自信や、精神的な安定と不安定を繰り返す、その歳上の男の揺れが、歳下の女にとっては「なんとかしてあげたくなる」。そして、「なんとかしてあげる」のは赤子の手をひねるように簡単である。

ずばり会話で「へえ、そうなんだ、偉いね」と褒めてあげるだけで歳上の男はガタガタと膝から崩れ落ちる。上司に怒鳴られ、同僚と競争し、取引先とメールで喧嘩し、部下には舐められる。そんな歳上の男はどんなポーカーフェイスを気取ろうが、褒められたがっている。偉いね偉いねと言い続けていたら、遅かれ早かれカルタゴのように陥落するだろう。

③敬語とタメ語を使い分け、いきなり切り替える

言わずもがなのスキルである。タメ語で接近し、敬語で突き放す。これを繰り返す。好かれてるのか、好かれてないのか、分からない状況に歳上の男を叩き込む。

④若い世代（あるいは自分）しか知らない話題をあえて振る

歳上の男に、徐々に時代から遅れていく劣等感を植え付ける。そして歳下の女と関

係を持つことで、今の話題や流行をキャッチアップするメリットを叩き込む。

⑤歳上の男がいる業界に、関心を持つ振りをする

異業種異業界の歳上の男、もしくは教師と生徒、大学生と高校生間ならば、まずはその男の環境に知悉するのが大事だ。なぜか。男が言いたいのに最も言いづらい、仕事の愚痴・環境の愚痴、あるいは将来の不安やその相談を、言わせやすくするためである。そうすることで「ただ可愛いだけの歳下と話している」という驕りを壊せる。

⑥同じ環境にいる若い男との日常的な接触を何度でも匂わす

安定的な関係になれば、嫉妬をさせまくるべきである。嫉妬させてしまえば、もう歳上歳下の序列は破壊したも同然だ。

歳上の男なんて口説く価値はない。が、それでも落としたい人には右記の戦略をお勧めさせていただく。歳下なんて蛇蝎《だかつ》のごとく嫌っていた私も、一度だけこの方法で落とされたことがある。

011
悪女入門

悪女たるもの、「ところで恋人はいらっしゃるんですか」と男に訊かれた時には、「もし私がいないと言ったら、あなたはどうするおつもりなんですか」と答えるのが最高の回答だと知っているものである。そして、これを別に大して好きでもない男にも平気でやる不合理と贅沢が、悪女をさらに悪女たらしめているのである。

「悪女」の第一語義は、かつて「醜いルックスの女」であった。第二語義は「心が醜い女」。「男を手玉に取る女」は第三語義だった。

昭和前期、男が寝ている間に男の性器を切断し、それを持って逃走の旅に出た遊女がいた。殺すことでしかその男を手に入れられないと彼女は思ったらしい。結局逮捕され、殺人罪で服役した彼女の刑務所には、交際や結婚の申し込みをする男性諸氏のファンレターが殺到。その数、一万通を超えたという記録がある。

この時代はまだ「悪女」＝「なにをしでかすか分からない女」でしかなかったかもしれない。しかし、いまは違う。悪女と言えば、あくまで現実的かつ合法的にその男の生殺与奪をじわじわと握る、冷静で知的、狡猾な女のことである。あるいは、独身の女から男を奪う。既婚の女からも男を奪う。そして奪い、飽きたり、違ったりしたら捨て、また次に行く。そんな歴代悪女の戦果が、たとえば小説・ドラマ・映画など、あらゆる媒体で周知され、こうして悪女の定義は現代的な意味である「男を手玉に取る女」へと更新されたのである。

本来なら悪女は憎まれて当然だった。アフガニスタン・イランなどでは、いまだに姦通は死刑、日本でもかつては姦通罪は旧刑法に織り込まれていた罪である。


それでも、である。

いまや悪女は大人気だ。不倫の報道は、季節知らずの打ち上げ花火のごとくテレビを彩る。不倫をされた女より、不倫をした女の方が、あらゆる意味で脚光を浴びる。あまりの数の人間を敵に回す女を見て、言論的に味方に回る一定数の人間はいるものだ。そうして事実を沈黙する加害者・悪女は、善悪の彼岸で、人生を決然と生きるヒロイックなオーラを獲得するのである。

「大人とは、裏切られた青年の姿である」とは太宰治の至言であるが、もしくは、こうも言えないか。大人とは、命を賭した初恋に破れた青少年少女である、と。この裏切られた初恋の復讐を、悪意しかない隕石のようにそこら中の幸福なアベックへと代行してくれる悪女は、爽快至極な存在なのである。裏切られた我々を代表し、世を欺き、男を欺く。失恋者としてはスタンディングオベーションを贈りたくなる存在である。

失恋をきっかけに、元恋人を憎む。ついでに男も、全員憎む。いつか絶対見返してやるといきり立つのも、一種、健康的な性分である。では、具体的にどう見返せばいいか。

悪女になるのが、一番ではないかと私は思うのである。

みんな、良い人だ。もしくは、良い人に思われたい人である。そして良い女というのは、いても良い女であり、やがてはいてもいなくても良い女、そして都合の良い女、つまりどうでもいい女になる。だったらもう、悪女になるしかない。

見返したいと思う元恋人を、一番悲しませる方法はシンプルだ。めちゃくちゃ勉強し、めちゃくちゃ仕事ができるようになり、めちゃくちゃ金を稼ぐようになり、めちゃくちゃ良い食事をし、そしてなによりめちゃくちゃ色んな男とセックスをし、酸いも甘いも噛み分けて、めちゃくちゃ美しくなるということである。しかし、これでは単に良い女だ。悪い女は違う。この内の金と食事は、男を使い倒して楽々と手に入れる。良い女と悪い女の最大の相違点は、これを入手するのに、言葉が武器だと知っているかいないか、そして、言葉をどう男にぶつければ欲しいものが手に入るか、そもそも自分が欲しいものはなにかを分かっているかどうかだ。

そうしていつか元恋人と街中で偶然再会した時、「懐かしいね」と声を掛けられようものなら「ところであなたの下の名前ってなんだっけ」と微笑み返す。その日が来るまではトライ・アンド・エラーの実践あるのみである。

悪女はまぎれもなく、真面目な女にしかなれない。失恋に絶望したことのある女にしかなれない。かつて良い女だった女にしかなれない。陽気なアメリカ人や、奔放なフランス人には、なれる資格がない。

悪女、それは日本の女性の天職だと私は思うのである。

012

都合の良い女と、悪い女の違い

都合の良い女は、尽くすことで愛されようとする。
悪い女は、愛さないことで愛されると知っている。

都合の良い女は、なにかしら見返りを求める。
悪い女は、期待しない。一人でも幸福に暮らす。

都合の良い女は、喧嘩を避けようとする。
悪い女は、譲れないことを前もって話す。

都合の良い女は、求められてセックスする。
悪い女は、その日の気分次第でセックスする。

都合の良い女は、男の都合に振り回される。
悪い女は、あくまで自分の都合で振り回す。

都合の良い女は、自分が好かれているかどうか気にする。
悪い女は、自分が相手を好きかどうか以外、気にしない。

都合の良い女は、本命の恋人を目指す。
悪い女は、最高の悪友になろうとする。

大前提からして、都合の良い女って、これ以上フォーマルな関係になるとなにかしら男の側には支障があるから、本当は男にとって「都合が悪い女」である。
本命と比べると少し「都合が悪い」けど、それでも本命の女にはない魅力があるから、付き合いが続いている。ここにすでに、男の女側への譲歩がある。そうであるのに「都合が悪い女」は自分の都合を相手の都合に全的に合わせてあげていると思っている。

やってあげているという感覚は、そもそも、ちっとも美しくない。

対等な関係に持っていくには、求められてもセックスしないとか、呼び出されてもすぐに駆けつけない、というのも一手ではある。

しかし関係改善に本当に有効なのは「振り回すこと」だ。あくまで主導権を自分に置き続けること。我慢は一切しないこと。好きなようにやること。そして好きなようにやっている自分を好きになってもらうことだ。

それで好かれないなら、その関係に未来なんてない。

未来はない関係も、それはそれで甘くていい。でも本当に変えたいと思っているならば、譲れない軸を持って、相手と面と向き合うことだ。それを相手に認めさせることだ。

013

女子力を死語にしましょう

淑女には申し訳ない。しかし、ここに厳粛な人類的真理がある。

騎乗位のセックスだけを集めたポルノ映像や、後背位のセックスだけが収録されたポルノ映像は山ほど存在するし大人気である一方、正常位だけを集めたポルノ動画は、全くといっていいほど男には人気がない。正常位とはほんのささやかな人数の男が好むジャンルなのである。それはなぜか。ほとんどの哺乳類はそもそも正常位でセックスしないしできないからだとする学者説がある。しかし少し違う。男性諸君にとってはありがたい女性のあの凹凸の流線型ラインが全部凹んでしまうから、正常位はちっとも有難くない、とする巷の俗説の方が、遥かに信頼できるだろう。食への意識が低い男が成城石井を必要としないように、大抵の男は正常位を必要としないのである。

さて「女子力」と聞くと、私は真っ先にこの正常位を連想する。サラダを真っ先に取り分けたりするような女なんて、もう絶滅危惧種ではあるが、それでも女子力、あるいは女子たるものこうあれ、というのは場所を変え言葉を変えメディアを変え、変幻自在に私たちの前に遍在するものである。

通常用法の「女子力」とは、そういった媚びのスキルを高めることで、周囲の人間に愛想や好意を微笑みながら与えておきつつ、いつでも誰からでも幾らでも回収できるようにしておき、必要なものは奪い、不要なものは容赦なく切り捨てる、その計算高さ・リスク分散能力のことであろう。しかし、こんなものもまた猪口才《ちょこざい》なのである。サラダを取り分けられて、素敵な女性だな、と思うような男（彼がもしサラダを十分に食べることのできなかった、大変貧しい生育環境に身を置いていた場合は除く）が素敵であるはずがなかろう。

もしくは自分探し・自分磨き、という身の毛のよだつような単語もまた、女子力と同列の存在だ。インドのガンジス川の汚水に合掌しながら身体を浸して見つかるような自分も、ちょっとばかりネイルをアーティスティックにすることで可愛くなるような自分も、なんともしょうもない存在である。一言で言うなら、アホっぽいのである。

ボディタッチで落ちるような男はボディタッチで落ちるようなアホでしかないように、見た目をどうにかしたら落とせるような男は、最初から落とす価値など、ない。安いテクニックで勝負したら、それは自分が安いと告白しているようなものだ。

婚活や合コンの場で、女が男を落とすテクニックというものは急速に定式化されている。一方、街コンやナンパで男が女を落とすテクニックも恋愛工学などで定式化がなされている。三千人以上とセックスしたような男は、三千回以上同じ腰の振り方をしただけである。本当に賢く生きるとは、こんな陳腐な競争から、さっさとドロップアウトするということではないか。定式から外れるということではないか。つまりは女子力を完全に死語にするということである。自分磨きというものを放棄するということである。正常位のような退屈な受け身を、やめるということである。

サラダは取り分けなくてよし。無理に笑わなくてよし。季節感なくてよし。ピンクの服を着なくてよし。スマホの画面も割れててよし。野蛮でよし。生きていればよし。

ただ好きなように好きなことをする自分のことが好きな人しかもう愛さなくてよし。

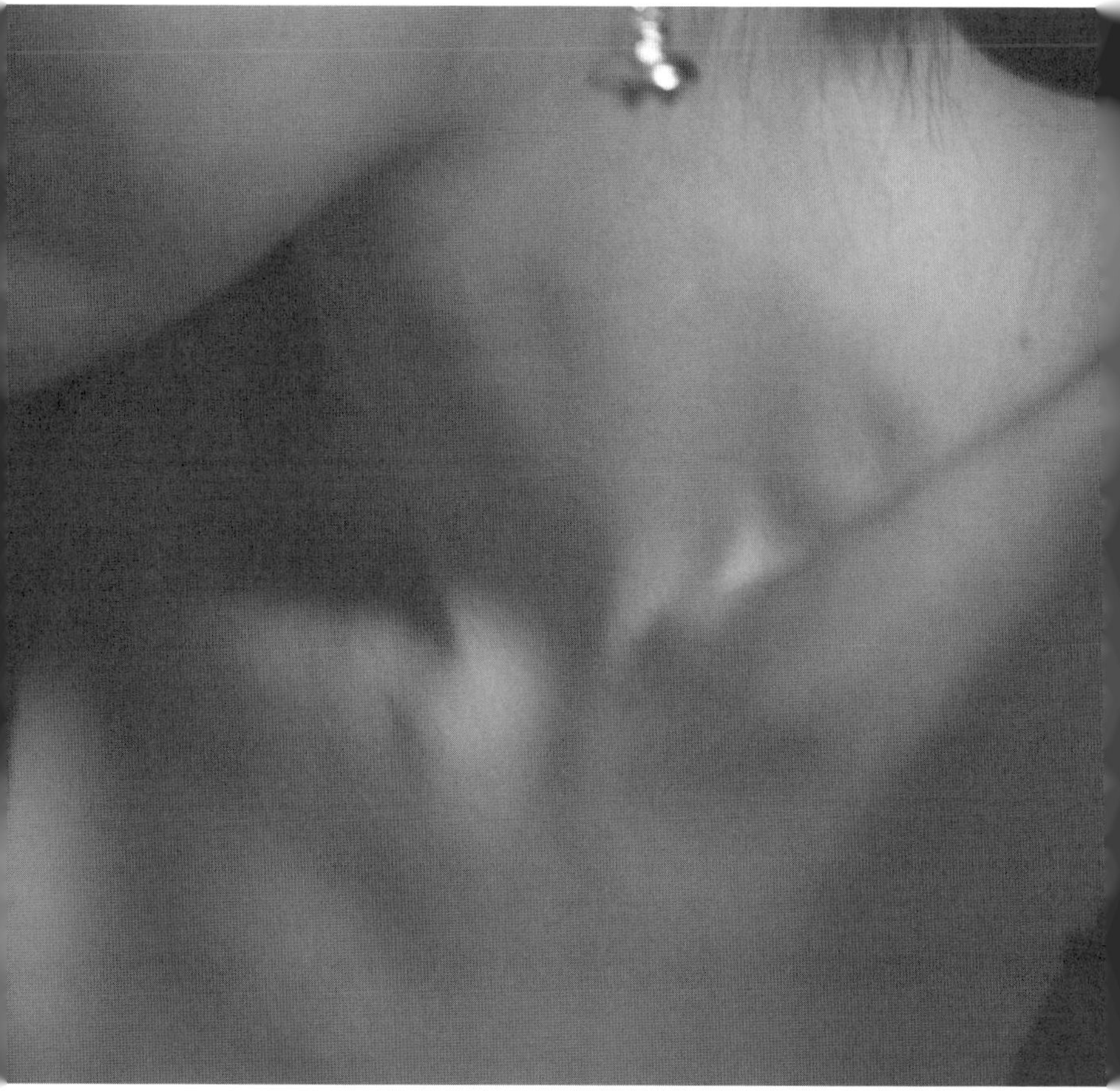

言われたいことを言ってくれるより、
言われたくないことを言わないでおいてくれたり、
して欲しいことをしてもらうより、
して欲しくないことをしないままでいてもらえる方が、
遥かに難しく気づきにくく、そしてありがたいと思う

014

ぶっちゃけ男が本当に行きたいレストラン

ディナーでもランチでも、デートでお金が必要になるシーンでは男が奢《おご》って当然という考え方がある。普通の男の感覚からすれば「別にあとでややこしい苦情を言われたりしたくないから、食事の千円や二千円くらいのコストは全然痛くねえや」という危機回避感覚で奢っているだけなのだが、奢られて当然という女もいるし、割り勘にしたいという女もいるし、奢ってくれるなんて優しいと言ってくださる女もいる。人間的な、余りに人間的なシーン。お会計というのは、とっても面倒くさいものである。

相性には、性格の相性とか身体の相性があるけど、それ以上に、味覚の相性がある。

味覚は辛党か甘党かとかの話でもあれば、ごはんの炊き上がりの状態の好みの違いの話でもある。が、往々にして味覚の相性とは、一食に対して掛ける金銭感覚や時間、コストパフォーマンスを気にする度合の違いを克明に示すものだったりする。

だからこそ、より一層お会計というものはめちゃくちゃ面倒な話になってくる。


いつの時代も、一番賢い奢り方は、お相手がお手洗いに行っている間にサラッと会計を済ましておくやり方だし、一番賢い奢られ方は店を出た後に「え、いいの？」と財布を取り出しつつ「ありがとう。じゃあデザートかなんか次食べる時はこっち持ちね」と財布を仕舞い、さらに次の展開へと持ち込むやり方だ。

間違っても店を出た後男の目の前で千円札を夜風にヒラヒラさせたりしてはいけない。あたしは自立しているんで大丈夫です、というアピールは、もっと別のところでやればいい。気持ちよく焼肉を奢らせまくるのも女の腕の見せ所である。

お会計のような、面倒だけど本来はとても簡単なはずのところで、ああだこうだと揉めるようでは後々別の問題へと発展するに違いない。そこにどんな年齢差や、収入格差があってもだ。三回奢ったら軽率な男はヤレると思っている。一方、そんな端金でヤラせてたまるかと女は思っている。こんな虚栄の戦争を避けるには、この「軽く奢って、奢られる」というのが重要なのだ。

出会った当初は、そんな可愛らしい虚栄と虚栄のぶつかり合いである。

しかし、最もややこしいのは、それでも男は、そんな良い店に連れていく虚栄をいつかは捨てたいと思っているということである。

ワケの分からんほど前菜から高いレストランではなく、意味不明だがありがたそうなお通しが出てくる高い居酒屋などでもなく、ロイヤルホストかガストで目玉焼きののっかったハンバーグか、山盛りになったポテトフライをフォークで突っつきながら、バカみたいに他愛もない話がしたいと思っている。あるいは自宅で、カレーでも一緒に作りたいと思っている。揚げ物なんてできた日には最高である。男はみーんなハンバーグか唐揚げかカレーかとんかつか、あるいはその全部が好きだ。そして、そんなものは、なんちゃらのなんちゃら風パスタのなんちゃら添えしか置いてないようなレストランのメニューに、決して、載っていないのである。

それに付き合ってやれるかどうか、あるいはそれが愛せるかどうかは、またしても相性の問題だ。これが生理的に無理なら未婚のままの方がまだ幸せに暮らせると思う。

男はみんな、マザコンです。
男はみんな、乙女よりも、乙女です。
そうではない振りが、ただ、異常に上手いだけです。
ごめんなさいね。

015

色気と教養

「別れる男に花の名前を一つ教えてやりなさい」とは川端康成の言葉だ。この言葉は「花は毎年必ず咲きます」と続く。花に纏わる先哲のテキストの中では、この台詞が一番好きだ。抜群の色気を感じる。別れた男がその花に一瞥をくれる時、彼は一人でそこに立っているわけではないことすら、いじらしく示唆させる文章。どこかしら復讐の香りすら漂うテキストでもある。そもそも、女性の名前には、花の名前が一部冠されることも多い。

花。かつての一瞬の甘い会話。そして好きだった人の名前。

そんなものほど私たちを途方に暮れさせるものはないだろう。

花は見返りを期待しないから美しいという。でもこうして「見られる」特権を行使している以上、純真無垢な存在というより、純真無垢とは反対の概念にあるなにかではないかと思えてくる。

純真無垢の反対語とはなんだろう。奸佞邪智《かんねいじゃち》だろうか。しかしシンデレラの幸福を邪魔する姉もまた、見方によっては、希望に溢れた純真無垢な必要悪ではないか。

純真無垢の、本当の意味での反対語は「色気」や「エロい」ではないかと私は思う。それは、悪でもなく、善でもない。媚びているようで、媚びていない。見返りを求めていないようで、絶望的に見返りを求めている、そんな、どちらともつかないなにか。

でも、「色気」と「エロい」は同一に取り扱われていいものではないだろう。

色気のある人に見られたい人は多い。が、エロい人に見られたいという人は滅多にいるものではない。色気というものについて絞って考えた時、その人が放つ色気の量と、その人が積み重ねた教養の量は、ぴたりと比例するのではないかと私は思う。

勉強する目的は、世界を広げるためだと言われる。確かに一理ある。花を一つの有機物として見る生物学。花を一瞬の人工美に変える華道。あるいはその花言葉から一つの短編を創る文学。もしくはその花に百年の憂いを見出す哲学、定型文にその美を凍結させる詩歌学。その花を誰にどこでどう売れば利益を最大化できるか考えるのはマーケティング学か。

視点は多ければ多いほどいい。それを楽しむ視座が増える。

一つの物を豊かに見るということは、逆に、どんな角度から見てもなんの風情も感じないような物に遭遇した時、味わう苦痛が倍加するということでもある。それでも勉強は、確かに世界の深度をさらに深く、密度をさらに濃くするだろう。

勉強は、しかしそのためだけにするものではないと思う。

自分の快楽のためだけにしてきたものとは、到底思えないのだ。

たとえば、花の名前を誰かに教えるということ。

そうするためには、まず花の名と花の見た目とを自身で一致させなければいけない。そのためにはまずそれを知るしかない。もちろん、花のそれだけじゃない。花鳥風月、森羅万象。その万物の中から、その人の記憶にいつまでも自分という存在を、香りのように残したいと願う時、なにが相手にとっては重要で重要でないか。なにが必要とされ必要とされないか。なにを幸福に思ってくれるのか、あるいは地獄だと思うのか。そして、その幸福や地獄を差し渡すために、いまの自分の知識の持ち合わせで、相手になにができるか。なにを言えるか、言わないか。

それを感得するためには、莫大な量のインプット・アウトプット・試行錯誤を重ねる必要がある。これこそが、勉強の本質ではないか。

無人島でも独房でも一人で満たされて生きるためにこそ教養があるという人もいる。しかし、ここは無人島でも独房でもない。

本当の勉強の目的は、こうだ。

いつか出会うであろう、自分の手に届くか届かないかもわからない、魅力的な人を、ほんの少しの会話で、獰猛に自分の世界に閉じ込めてしまう＝色気を手に入れるため。

本当に頭が良いと思う人は、お酒を一緒に飲んで楽しい人では、ない。カルピスを一緒に飲んでいたとしても、心の底から楽しいと思える人だ。ただ、いつもの場所を一緒に散歩しているだけで、街が見違えて見えてくるような人だ。

そしてそれは、その人の教養のおかげだ。世界解釈のおかげだ。つまり、その人が放つ、色気のおかげである。色気は、エロと違い、脱ぐことでも着ることでもない。

ただそこに存在するだけで香り立つものだ。

顔でもない。見た目でもない。私は、このように色気を定義したい。

016

恋とか愛とか、もう終わらせましょう

結婚しようと思った理由を、既婚者にインタビューするのが好きだ。こんな質問をすると、不粋な人間だと思われる。実際かなり不粋な質問の類である。しかし、そのリスクを冒してでも訊くことをやめられない。返答は、本当に様々だ。

「寝顔が間抜けだったから」

「分からない。考えたこともない」

「もう好きとか嫌いとかじゃない」

「ふたりでエッフェル塔を眺めた時、あれ、パノプティコンみたいだよねって言ったら、確かにそうだねって言われたから。それが通じる人と初めて会ったから」

ちなみに、私が結婚した理由は、「ウイスキーを一緒に飲んでいて、ハーゲンダッツのバニラ味のカップがまだ半分以上入ってるのに、酔っ払って、それを灰皿代わり

にする姿を見て」だ。

分かりやすいものが、私たちは好きだ。分かりやすい人は、愛される。男も、女も。

彼らは喜怒哀楽を顔に出す。素直。どうすればこちらがその喜怒哀楽に資することができるか、その一挙手一投足で知らせてくれる。愛し方が分かりやすい。だから、愛される。でもこちらのそんな愛の深度は、なぜか、どこか、すごく浅い。

恋とか愛とか、そんな世間の口当たりのいい定義や物語が、ものの見事に通じない場所に、結婚したいと思える理由が出現しているのではないか。

先に挙げた理由の例は、とても分かりにくいように見えて、照れ隠しの建前のように見えて、しかし本人にとって、たった一夜の雷鳴のような真実なのである。優しくしてくれたからとか、美しい顔立ちだったからとか、そんなものではない。料理ができたからとか、笑顔が素敵だからとか、そんなものでは断じてない。

私たちは、「好き」とか「愛している」以上の相手を肯定する言葉をいまだに知らない。だが逆に、それ以上の言葉を、あえて先代の人間たちは発明し続けなかったのではないか。なぜなら、本人にとっての唯一の真実は、普遍的な言葉で表すことが許されないからだ。まったくもって分かりにくく、そして、分かりにくいままであっていいからだ。

2章

優等生の皆様、不良の皆様

017

友達がいない人の友達になりたい

「俺はおまえのこと友達だと思ってるけど、おまえは絶対そう思ってないよな」とこれまで百回くらい言われたことがあるほど、私は、主観的にも客観的にも、友達がいない、ということになっている。そもそもこの「友達」という小恥ずかしい名詞に含意された、人と人との適切な距離感覚が分からない。

適切な距離を置けないから、「友達」なのかもしれないが。

殺してやりたいほどその絵の才能に嫉妬させられる女友達のことを、私は友達だと思えない。一生涯のライバルだと思う。愛おしいほど可愛い男友達を友達と思えない。一年に一回会う、気儘な恋人のように思っている。

だから、友達がいない。友達を友達のように思えないのは贅沢だとも思っている。

そして、友達なんて一人もいないという人のことが好きだ。

友達がいないという問題を抱えている人の中でも、映画や小説や音楽を山ほど観聴きして、どんどん孤独になって、どんどん人恋しくなって、それをどうすることもできないまま苛立ちで爆発しそうになっている、そんな人となら友達になりたいと思う。

友達が欲しいという人の友達になりたい人なんて、一人もいない。彼氏が欲しいと叫ぶ女の恋人になりたい男なんて、一人もいないのと同じで。人間関係は飾り物ではないし、人一人が抱えている孤独は、飾り物にするには余りに大きすぎる。

誰が果たして友達なのかは、離れてみて、初めて分かることが多かった。

級友が旧友になった時、親友かどうか分かったのだ。

学生時代の同級生や同期なんて、無理やり同じ電車の車両に入れられた乗客同士のようなものだ。一定の目的地で一斉に離れるまで、無理やり顔を合わせ続ける関係。そうして別々の場所に行っても、また昔の場所に戻ってその人と話がしたいってことになれば、それは、とっても友達的だと言えよう。

中学一年生の時から大学四年生の時まで、私は自分に対しても環境に対してもその退屈さ加減に怒り狂っていた。大人が上機嫌でいるのが義務ならば、若者はたとえば隣に座った奴の面白くなさに、もしかしたら分かり合えるかもと思っていたけど結局分かり合えなかった夜に、あるいは勝手に自分を理解した気でいるような奴に感じる憤怒と悲哀に、永久に満たされないことが義務なのかもしれない。そんな剥き出しの寂しさを抱えたまま、訳の分からないことをし続けていると、いつか自分とまったく同じことを書いたり考えたりしている人に、出会う。いや、出会ってしまう。

私の思う、友達の定義とはこうだ。

自分の思っていることも感じたことも、分かりやすく話す必要もなく、オチを付けたりする必要もなく、面白おかしく話す必要もないままに、ただ真っ直ぐに話していいと思える人。そして相手もまた、そのストレートさで返してくれる人。これを電話でやるのもメールでやるのも失礼だと思える人。

どんなに親しい友達でも、だから会う前は緊張する。いざとなったら言葉の上で刺し、刺される関係でありたいと願うからだ。

その友達がお金に困ったり、失恋したり、あと余命一年だとかになったら、どうしよう。まずは自分が強く生きるしかないな。

018

また会いたいと思わせる人＝話を聴くのが上手い人

人たらしは、漢字で人誑しと書くらしい。

ずばり「人を、言葉で狂わせる」のが、人たらしだ。

人たらしという素質が、この世の能力という能力の中でかなりハイレベルな能力だと確信したのは、控えめに言って、大した学歴もコネもない人間が、就活をきっかけにあっという間に社会階層の一番上の方に階段を数段飛ばしで駆け上がる、現代的な下剋上を目の当たりにさせられた時からだ。

とにかくモテる男友達がいた。

中高の行き帰りの阪急電車で、年間五十人の女性に逆ナンされる男だった。二十歳になる頃には勃起不全となり、常にバイアグラを持ち歩いていたほどである。そんな彼は、五教科七科目より女について遥かに詳しかった。当然大学受験には一切興味を示さなかったが、就活では大企業に次々内定が決まった。要因に、容姿もある。でも、彼はそれだけじゃない。

「おまえみたいな勃起不全のセックスマシーンに内定を出す面接官がいるなんて、世も末だよな」と褒めると「面接なんか楽勝や。俺が話して面接官に言って聞かすより、面接官が話して俺が聞いてやる量を多くさせたら、絶対受かる。てか、それはどんな時でも同じや。ほんま面接は、しょうもない」と彼は真顔で言ってみせたのである。

彼の言うとおりだ。

話を聴きたい人より、話をしたい人の方が、いつでも遥かに多い。

たとえそれが、面接の時ですら。

その人たらしは、確かに自分の話を一切しない。ガンガン相手に質問する。

普段は聴き手にしか回らない私でも、そういえば誰かに話したいなと思っていたことを、話させてくれる。そして否定せず、肯定する。話が逸れても、適宜話の本筋や核心へと軌道修正を掛けてくれる。もっと話したいと思っても、話が盛り上がった所で「ほな」と切り上げてどこかに行ってしまう。そうして忙しくしているかと思ったら、今日空いてる時間がないかといきなり連絡してくる。おまえだけに話したいことがあるんだと甘えてくる。「おまえだけに」という枕詞を、たぶんこの人たらしは誰にでも言っていることは、容易に想像がつく。でも不思議と、怒る気にはなれない。

いつもどこか孤独そうなのだ。

で、実際に会っても、こちらの近況ばかり訊いてくる。


一方、初対面で、最初から最後まで自分の話をして、いかに自分が面白い人間なのか証明するのをファースト・プライオリティに置いている人がいる。関西人に多い。最初から自慢話ばかり繰り広げるのは自信のない人だろうし、あるいは愚痴が多過ぎるのは甘えたい人だからだろう。

しかし、人たらしは愚痴も自慢話もしない。笑い話も、どこか自分を下げた話で、自虐もいびりも人を不快にさせない。ことごとく上品なのだ。

もう一度会いたくなる人、それはまぎれもなく、話を聴くのが上手い人だと思う。聴くことによって、話させることによって、相手を手に入れてしまう人だ。

でも、そういう人の話は、いつ誰が聴いてあげるのだろう。

電話したいという人より、
電話されたいと願う人の方が圧倒的に多い。
会いたいと言う人より、
会いたいと言われたい人の方が圧倒的に多い。
誘う少数派が、誘われたい多数派に絶対に勝つ。
暇なのも退屈なのも、
全部自分のせいにすると、解決は早くなる。

019
嫌いな人と付き合うのは、時間・お金・体力、つまり人生の無駄

嫌いな人とは、縁を切るべきだ。完全に切る。ぶった切る。容赦なく切るべきだ。そんな乱暴な人間関係の切断は、大人になればできるものではないと言う人もいる。だが、好き嫌いで環境を決定できるのが大人だ。嫌いなものを嫌いだと言えなくとも、上手く避けて歩くのが、大人というものである。

どんなにまともに生きていても、ものすごい悪意はいきなり目の前に現れる。この世は百鬼夜行、魑魅魍魎の跳梁跋扈する地獄絵図。とは言い過ぎだが、こちらと上手くやっていく意思がない人と上手くやっていこうとするのは、自分がすり減るだけである。

非常に発作的で理不尽な怒り方をするけど優しい時はとても優しいので、ついつい許してあげたくなってしまう相手というのがたまにいる。しかし、こういうタイプと

も、さっさと縁を切った方がいい。そんな幼稚な暴力に丁寧にお付き合いをしていられる余裕の持ち合わせは、そもそもないし、仮にあったとしても、そんな相手に使うべきではないからだ。

二十歳を越えたら性格なんて変わらない。その性格とは、それまで行われた莫大なインプットで形作られる。

五教科七科目を学ぶメリットの一つは「いま、目の前にいる相手の言葉や行動のなにかが、論理的・道理的・物理的・人類の経験知的に、おかしい」と察知する知恵・知識を、即席でインストールできる点にある。なにかこいつの言うことはおかしいなと思う時、それは風の気まぐれや勘がそう言っているのではなく、本当に、そいつがおかしいからである。そして、そう思いながらその関係を続けてみても、時間の無駄、お金の無駄、体力の無駄、人生の無駄になる。さりげない暴力を振るい続ける相手は変わらないまま、自分の心だけが腐り、弱っていき、自分を嫌いになっていく。

そうなった時こそ、まさに縁を切るべき時なのだ。

一人の敵を作ったなら、五人の味方を作ればいい。人間なんてたくさんいる。だから、嫌いな人とは縁を切るべし。即刻立ち去るべし。

020

煙草とアルコールとハーゲンダッツは世界を救う

煙草、アルコール、ハーゲンダッツ。

この嗜好品のどれかさえあれば、下愚は男女の喧嘩から上愚は世界大戦まで、もしかすると人類は永久に回避できるんじゃないかと私は一人で勝手に信じている。

宇多田ヒカルの『First Love』という曲で、初めて「煙草のフレーバー」というフレーズとそんなものがあるということを知ったのは、小学生のころであった。煙草はどうやら苦くて切ないらしい。が、初めて吸ったそれには、クラクラさせられるだけ。そこから十数年の時を経て、泣きたいのに泣けない時、おそろしく疲れた時、甘い会話を交わしていた時、ありとあらゆる記憶が午後三時のミルフィーユのように甘く重層的に一つの銘柄へと編まれていった。もうこうなってしまえば、重症なのだろう。

煙草が嫌いな人も好きだ。その嫌っている理由も好きだ。煙草が好きな人も、もちろん。いまどきあれを続けるなんて余程のロマンチストである。煙草を一度辞めた人の、その理由も好きだ。煙草を一度は止めたのにまた再開した人の、その理由も。

つまるところ、煙草にまつわる大抵の理由は、どうしようもないほど情けない。

そして不合理で、語られない物語がある。大抵そこには現在進行形か、過去完了形の失恋が絡んでいたりする。憧れとか諦観も絡んでいたりする。喫煙自体、世界への五分間の黙秘権の行使のようなもの。そういえば新宿も渋谷も駅前の喫煙所は消えた。時代だ。あの愛おしい嫌われ者たちはみな、どこに行ってしまったのだろう。

煙草とはまた違って、アルコールの物語は、星の数ほど多いに違いない。

酔っ払った時の行動は、その人が日常的に抑圧した願望から出た行動だというのは非常に有名な説だ。

酔うと寝る人は、普段寝てなさすぎる。酔うと怒る人は、普段優しく振る舞おうとしすぎ。酔うと口達者になる人は、普段口を噤みすぎ。酔うとキス魔になったり噛み癖が現れる人は、普段人に甘えていなさすぎ。酔うと説教が始まる人は、可愛いけど、もっと飲めと思う。酔うと調子に乗る人はもともと調子が良い。酔うとなにもかもが虚しくなる人は、これもまた普段頑張りすぎている。酔うとエロくなる人は、ぜひそのままでいてください。

私の友人で東大出身の男は、平素から他人を見下すためだけに生きている典型的に傲慢な男だ。しかし、いざ酔っ払うと、自分の友達の素晴らしい点を彼は涙ながらに延々と語り尽くす。まさに悪口陰口とは正反対のことをする。愛おしいバカとは一生友達でいたいものである。

嫌いな人と飲んだところで、全然酔わないし、酔えない。食事も同じ。料理が美味しいと思えない。好きな人となら、たとえそれが不味くても笑いながら過ごせる。そうして好きな人と飲めば、酔ってしまう。頭では、絶対に酔わないと決めていたのに。

身体が勝手に判断してしまうのだろう。その人を前に、自分がどうなりたいのか、その人とどうあり続けたいかをも。

最後に。

世界大戦がハーゲンダッツによって防げるかもしれないと、私は割と本気で思っている。世界大戦は百歩譲って無理だとしても、大抵の人間関係のこじれはハーゲンダッツで直せるものだと信じている。なにかの手違いで喧嘩になってしまった人には、後日ハーゲンダッツのストロベリーを手紙のように渡すと決めている。あの食べれば食べるほど頭が悪くなっていきそうなキュートなストロベリーのアイスを片手にして、小さなスプーンをもう片手にすれば、一人の人間が不機嫌でいることなど、ほとんど不可能だからである。

そもそもご機嫌に生きる以外、私たちに大した義務などないのだ。

好きなものを好きだとシンプルに言う人が好き

021

悪口について

今夜好きな人とセックスする予定のある人や、預金が七億円ある人、サイゼリヤで目玉焼きハンバーグとライスを腹一杯食べた直後の人は、誰かの悪口を言う筈がない。悪口を言う人は、セックスをする予定がないか金が足りないのかお腹が空いてるのだ（と思うことにしている）。

確かに、ディスるというのは気持ちのいいことではある。

愚痴を言っている女が美しいはずがないとは寺山修司の言葉だが、それでもなにかを全力で嫌っているのを隠そうともしない人は、素直で可愛らしいと思ってしまう。

しかし、それでも人前で悪口を言わない方が良いのは、周囲の人間関係の環境汚染に繋がるというよりも、自分の弱点を周りに絶叫していることになるからだ。たとえその悪口が小声で行われたとしても、である。まさに初対面の相手に自己紹介と同時に、自分の性感帯の位置まで丁寧に告知するようなものである。それはだめ、絶対。

相手を否定して屈服させようとすることで、なんとしてでも相手を手に入れようとする人はいる。呪いである。しかし、本当にあなたのためを思ってなにかを言う人は、そんな姑息な手段に訴えない。真摯に、一対一で、何度でも口酸っぱく語るだろう。同じことを何度でも諭してくれる人は、鬱陶しいのだけど、でも大事にした方がいい。ちゃんとした方法でちゃんと大事なことを語ってくれる人は、掛け替えがないのだ。そして、信じる価値があるのだ。

022

人間関係に失敗するコツ20

①すぐに誰にでも話し掛けて、すぐに打ち解けようとする
②価値観が合う人だけを大切にしようとする
③学歴・年齢・仕事・収入だけで相手を見る
④黙っていたら伝わると思う
⑤友達の多さを一つの価値だと見なす
⑥忙しいことをかっこいいことだと思う
⑦最悪な状況で、ジョークを交わすことを忘れる
⑧落ち込んでいる人に元気を出せと言う

⑨長い関係＝気を遣わなくても済む関係だと思っている
⑩どこかに運命があると思っている
⑪言葉にしすぎる、もしくは言葉にしなさすぎる
⑫嫌われる勇気を持つ
⑬失恋を忘れようと次の恋愛をする
⑭不和の解決を喧嘩に見出す
⑮悪口を本人に言わず周りに言う
⑯いつか返ってくると思って人に親切を施す
⑰第一印象をそのまま受け取る、言葉をそのまま受け取る
⑱上手に甘えられない
⑲否定する時、代案を自分で用意しない
⑳酔った勢いで他人の痛い所を突く

023

喧嘩するほど仲は悪い

「喧嘩するほど仲が良い」という慣用句は、日本の慣用句史上最大の、嘘だと思う。

事実、喧嘩するほど、仲は悪い。

喧嘩できる人は、確かに少し羨ましい。色紙でいえば、銀色や金色の色紙を真っ先に使えるタイプの人なのだろうなと思う。仲直りできる気がしないからそれでもやはり私は喧嘩なんてしたくない。両者一歩も譲らず、食事中であろうがデート中であろうが、電車の中でも改札口を出た所でも喧嘩を勃発させる男女はいる。金曜、夜十一時、新宿駅の東口で、喧嘩をしてるカップルを一夜で計五組見たことがある。景気の良い光景であった。セックスのある街に、喧嘩が起こるのである。それはともかく。

別れの兆候というのは、まぎれもなく「面倒くさい」だと思う。

そして喧嘩というのは、どちらかが「面倒くさい」から起こる。

喧嘩は、捻じ曲がった甘えの形式だ。

たとえば親は子供に本を読めと言う。これもある種、親が子供に売る喧嘩である。他人の意見を延々と精読しなければいけない読書の本質は控えめに言って自殺と同じだ。しかし当の親の本棚には村上春樹の『ノルウェイの森』くらいしか置いてないというのはよくある話だ。そこには、楽しそうに本を読む手本がない。楽しそうなことなら勝手に子供は真似したはずである。親が「面倒くさい」から、子供に甘えているのだ。

「若者の○○離れ」も「○○」を旧態依然とさせたままだった大人の言い訳、甘えに過ぎない。「○○」をどうにかしようとすることが「面倒くさい」から、○○は時代と若者に別れを告げられたのである。

矛先が向けられるべきは、いつでも自分だ。本当にどうにかすべき矛先は「面倒くさい」相手ではない。相手を「面倒くさい」と感じる、「超面倒くさい」自分である。

同棲すると、家事の分担や方法論で確実に言い争いが起きるらしい。

目に見えない地雷が1LDKもしくは2DKの狭い空間に無数に撒き散らされた、

小規模ながらも深刻な戦争が同棲である。理想は上手に甘え、甘えられながら生きていくことだ。喧嘩なんてしたら最後、ものすごい気まずさが家中を覆うことになる。

喧嘩は、互いの面倒くささを徹底的に想定、容認、あるいは排除することで避けられるものだ。それはつまり、家事も炊事も「得意な方が好きなだけやる」とし「どっちかが気付かなかったことはどっちかがさらりとやってしまう」のである。根底に、「苦手なことをやって不機嫌そうにしているのはダサい」というポリシーを一貫させることで、ご機嫌に暮らす。それだけである。


人間関係は面倒くさい。他人のSNSを見ているだけでイライラする時もある。でも、大抵そんな時はお腹が空いているだけである。牛乳が足りていない。チョコが足りていない。睡眠が足りていない。ともすれば預金残高が足りていない。自慰行為が足りていない。セックスが足りていない。

まずは、自分とお話しすべきである。それでも間違っている時は、世界が間違っているのである。相手が間違っているわけでは、決してない。

024

嫌われる勇気なんて必要ない

「世界中を敵に回したとしても君のことが好きだよ」と、しがないサラリーマンが神田うのに語り掛ける缶コーヒーのコマーシャルがある。

何十年も前のコマーシャルだ。するといきなりその家の周りにＦＢＩやＣＩＡの黒服がやってきて、首脳会議ではそのサラリーマンへの攻撃が決定し、米軍の戦闘機が彼らの家の上を飛び交い始める。ミサイルの照準を当てられたサラリーマンは、最後に缶コーヒーをグイッと飲む。そんな喜劇テイストの三十秒のコマーシャルだった。

そんなふざけた広告にも真理がある。確かに、恋愛は、社会や世界をある程度敵に回すからである。味方が増える行為では決してない。ましてや、相手が神田うのなら尚更だ。

嫌われる勇気なんて、必要ないと私は思う。

わざわざ世界中を敵に回す必要なんてない。敵に回すときは、勝手に敵に回るからである。

そんな危なっかしいものを持って生きるには、人生はあまりにも短い。そんな恐ろしいものを持って歩き回るには、人間の数はあまりにも多い。

だからといって誰からも好かれるべきだとも思えない。実際そんなことは無理な話だ。コンビニの唐揚げですら嫌いな人がいる。ショートケーキも食べられない人がいる。万人から好かれるなんてトム・クルーズですら不可能だ。彼でも、ニコール・キッドマンには好かれなかったのである。みんなに好かれたい人は、恐らく自分をトム・クルーズかなにかだと思っている。

私は雨の日が好きだ。雨こそ良い天気だと思う。

だから雨が好きだと言い続ける。間接的には、晴れが嫌いだと言っているようなものだ。猫も好きだ。猫が好きだと言い続ける。裏を返せば、犬は好きでも嫌いでもない。実を言えば、犬好きの人間は、かなり苦手だ。

好きなものを好きだと言い続けないと、好きな人は寄ってこない。そして嫌いなものを嫌いだと言わないと、嫌いな人は離れていかない。いつでも、どこでもそうだ。

必要なのは、嫌われる勇気より、好きなものを好きだとシンプルに言い続けることだと思う。そして、嫌いなものや人からは、まず離れて、それでも適切な距離を保てない時は、突き飛ばす勇気。そこから完全に立ち去る勇気。つまり、嫌う勇気が、ほんの少しだけあればいい。

嫌われる勇気より、嫌う勇気。集中すべきなのは、自分の感情に対してだけであるべきだ。


友達は五人以上持てないものだと聞いたことがある。私も一人か二人、この人にだけは嫌われたくないと思う人がいる。そして、好かれたいと思わせてくれる人もいる。それ以外の人には嫌われても痛くない。そしてまた、犬好きは嫌いだけど、それでも心の底から嫌いな人なんてあまりいない。

元々そんな負のエネルギーのために時間を使うのは、もったいないのだ。

025

永久に語られることのないものだけで作られた惑星

永久に語られることのないものだけを集めて作られた惑星があったとしたならば、それはどんなに美しい惑星だろうと思う。

Googleのおかげで見たことのない場所も行った気になれる。フェイスブックやツイッターで、一度も会ったことのない人と会えた気になれる。Amazonレビューで読んだことのない本も読んだ気になれる。映画批評サイトや食べログでなにかを立派に観たり食べた気になれる。

いつかはやりたかったバカバカしいことなんてYouTuberが全部やってしまったのかもしれない。写真や文章が自分より上手い人なんてたくさんいる。そうであるなら、わざわざ自分がどこかに行く必要も、なにかを見る必要も、誰かと会う必要も、書く必要も、つまりは生きる必要もないんじゃないかとさえ思う時がある。

中途半端にずる賢くてセコい奴が、いつまでもどこにも行けないのだ。

どうしたらちゃんと生きていけるだろう。

私は、こうすることにした。


永久に語られることのないものだけを見つけ、それをたった一人で愛する。


それはたとえば、どんなに無傷に見える人にも、本当は飛んで会いに行きたくなる人がいて、もう二度と会えない人がいて、死にたい夜があるということ。なにかを、あえて言わないようにしているということ。

あるいは、書かれたことより、書かれなかったことの方が多いということ。撮られたものより、撮られなかったものの方が常に多いということ。

友達との写真をSNSにアップし続ける人に本当に足りないのは、友達だと思う。お金のことばかり話す人に足りていないのが預金であるように。恋人とのことばかり話す人に本当に足りないのは愛されているという確信だろう。幸福な人が、自分は幸福だと言いふらす必要はない。一見優しい人は、本当は冷たい人だったりする。

冷酷な人は、かつては優しすぎた時があったのかも。

嘘は、嘘を吐いた本人がなんとしてでも守りたいものを、痛々しいほど曝露する。

すぐ怒る人は、本当は臆病だ。いつの間にかまったく連絡の取れなくなった友達は、実はたった一人で大変な目に遭っていたということはよくある。友達にすらできない話が、本人にとっての唯一の真実の出来事であるということは多い。

そんなものを、そんな一見どうしようもないものを、たった一人で愛したいと思う。誰かに見せびらかす必要もないままに。

026

コミュニケーション能力とは、誰にもなにも期待しないということ

本当に愛していたら「愛している」なんて台詞は口が裂けても直接言えないものだ。また、あんまり大丈夫ではない時こそ人は「全然大丈夫」などと誤魔化すものである。そうであるなら「コミュニケーション能力がある人材が欲しい」と企業が口を揃えて言うのは、その企業にコミュニケーション能力の持ち合わせがまったくないからである。あるいは、その企業がコミュニケーション能力とはなにか、その厳密な定義を完全に放棄してきたから、ただ「漠然と、漠然としたものが欲しい」のである。

仮にも「私にはコミュニケーション能力があります」と、自分で言い出す就活生が現れたなら、心底その発言は疑わしいものだ。「私は人間です」と自己紹介されたら「本当に人間ですか」と訊き返したくもなる。

就活生に一番求められる能力がコミュニケーション能力であるというのは、十年前

から変わっていない。悲しいほど、滑稽な話だ。

ちょっとした横文字を日常用語にして、状況が良くなったことなんて一度もない。

たとえば、コミュニケーションが抜群に高い百名の集団がいたとする。

話す力、聴く力、非言語コミュニケーション能力も抜群。これまでの人生で好かれたい相手に好かれなかったことも誰かに嫌われたこともテスト直前期に誰かにノートを貸してもらいたいけどそれを言い出せなかったことも、つまりは人間関係や人生になんの挫折も苦悩も葛藤もない、天性の人たらしが百名、しっかり揃っていたとする。

基本的に、なにかの価値を生み出せない会社は、必ず潰れる。

この集団が、単なる学生の集団ならばまだいい。その百名で、笑笑か牛角で貸切の宴会オールでもしておけばよろしい。しかしこの集団が会社だったとする。この会社が提供できる価値とは「人をちょっと気持ちよくさせること」だけだ。そしてそんな価値は言ってしまえば猫カフェ・蔦屋書店・風俗にも劣る、価格競争力のない価値である。そして、価格競争力のない価値はいずれ、その価値が暴落するものである。

あるべきコミュニケーション能力とは、なんだろうか。

人類がみんな、言いたいことが全部言えたなら、この世に小説も手紙も音楽も必要とされなかったはずだ。コミュニケーション能力とは、そんな薄っぺらいものなのか。

個人的な出来事を話す。

先日カバンを探しに新宿のセレクトショップに行った。上等なカバンを探していたのだ。目に付いた黒色の鞄の値札には、しかし五万円とあった。パッと買える値ではない。カバンの前で固まっていると、近くにいたオダギリジョーにそっくりな長身細身の男性店員が「これはイタリアにいる職人が、工房で一年掛けて製作したレザーの一点物で」と美しいバリトンボイスで自信たっぷりに語り始めた。

私はそれをすぐに遮った。そんなことはどうでもいい。そして、店員の彼に対して「ところでお兄さんはとてもイケメンですね」と返した。すると「ええっ」と言ったきり、オダギリジョーはフリーズしてしまったのである。私のことを、ゲイかなにかだと訝ったのかもしれない。どうすればいいか分からない彼を私もどうすればいいか分からず、あたふたしながらその店を出た。

彼は、そのカバンに内在する「遠い国の職人の物語」で売ろうとしていた。

しかし私は、いま目の前にいる「彼の人間性」次第で買おうと思っていた。

商品に宿された異国の物語の魅力、というボールを投げた、彼の私への期待とその実践はコミュニケーションである。男性のカバンなんてどれも同じだ。物語を語るのは間違いなく有効そうな手だったわけである。

しかしそもそもカバンなんて実店舗で買う必要なんて最初からない。それでも私が店に来たのは、偶然出会ったその店員の魅力と、店員との物語を買えるからである。そして店員との物語に、異国の物語など必要ない。そんな私の、淡い期待から出た、あえて言い放った突拍子もない台詞もまた、コミュニケーションなのである。

そうして我々のコミュニケーションという架橋の可能性は、私の意味不明な台詞で不可逆的に失墜した。この取るに足りない、どうしようもない、超個人的な体験から、コミュニケーション能力とはこのようなものではないかと仮定できる。

会話は片方が第一の矢を打ち、もう片方が第二の矢を返す、その繰り返しだ。大抵、第一の矢も第二の矢もことごとく的外れ。そして、そのコミュニケーションの決定的失墜から、第三の正確な矢を、いかに迅速に打てるか。一度は壊れた双方の期待を、いかに双方が早急に修繕し、対話を重ねることで、当初の目的を到達できるか。

それが、コミュニケーション能力の正体だと思われるのだ。

簡潔に言うなら、下手な期待は一切せずに会話で戦う、ということかもしれない。

言わなくても分かってくれるだろうという淡い期待を厳格に捨て、ちゃんと「これが欲しい」「だからこうして欲しい」と伝える。先の例でいえば私は「もっと別のお話をしませんか」ということをもっと別の角度で言うべきであった。彼の場合であれば「イケメンであることは知っていますよ」というチャラチャラした一言を言ってくれさえすればよかったのである。

コミュニケーション能力というものが最も試されるのは、初対面の場かもしれないが、それが重層的かつ複合的に環境の良悪を決定し得るのは、仕事や学校という公的環境より、同性や異性との同棲を開始する、私的な環境だと思う。

「こうするからだめなんだよ」ではなく、「こうしたらもっとよくなるんじゃないか」という、ポジティヴな言葉への変換が、そこではさらに連続的に必要とされるのだ。

言わないと分からない。伝わらない。たとえ伝えても、一回では人には伝わらない。伝わらなくても、伝わるまで許し続ける。何度でも言葉を換えて伝える。あくまでも満身創痍で伝え続ける。そんな諦観からの出発が、期待しない＝コミュニケーション能力の根本ではないか。

上品な人ほど、
驚くほど下品な冗談で人を笑わせようとする。
優しい人ほど、
強い言葉を用いて冷酷な台詞を言おうとする。
誰にでも当たり障りなく優しい人は、
優しくない場合が多い。

相手の第一印象は、相手の本質と、
全く逆のものが用意されているのだ。
そしてまた、ネガティヴな印象を一度受け取っても、
三度まで一旦受け取ってから相手を判断しないと、
誤解することは多い。

027

社会人一年目に覚えておいた方がいい10の事柄

社会人になる上でこれだけは覚えておいた方がいいと思うことってありますかと今春で社会人になる後輩に訊かれたことがある。ところで夏目漱石がかつて大和魂について曰く、「誰も口にせぬ者はないが、誰も見たものはない。誰も聞いた事はあるが、誰も遇った者がない。大和魂はそれ天狗の類か」と放言していたが、この「大和魂」は「大和撫子」に差し替えても「社会人」に差し替えてもよい。

つまり、そんなものは存在しないということだ。

誰も社会のために生きていない。会社のためなんかに生きていない。が、その時は彼にそんな適当な答えはできなかった。もし彼に同じ質問をされたら、それでも私は左のような10の覚え書きを、自戒を込めて彼に送りたいと思う。

①報告・連絡・相談は、上司に責任転嫁しても許される、新人の最高の特権。

とにかく報連相は使い倒す。小・中・高・大と違い、君の目の前にいるのは断じて教えるプロではない。質問はバンバンすること。ただしそのタイミングは、ちょっと気を遣うこと。気分で動いている人は想像以上に多い。

②君のことが気に入らない人は、君がなにをしても気に入ってくれない。気に入ってくれた人には、最大の誠意で応えた方がいい。そうでもない人の反応には、一喜一憂しなくてよし。人間は山ほどいるし、会社も山ほどある。

③仕事は、再度依頼を貰えるまでが仕事。

④忙しくても暇そうなフリをしていたら、人は寄ってきてくれる。ガチで忙しい時は、適宜サボること。サボってもバレない場所を、社外で五箇所は見つけておくこと。人間、一日に数時間しか集中できない仕様になっている。

⑤残業上等の会社は遅かれ早かれ潰れるし、君も潰す。自社の常識は、他社の非常識。一番大事なのは自分のルール。それだけ守る。

⑥土日になにをするかは、水曜くらいに決めておこう。土日のために、平日がある。人間は、遊ぶためだけに生まれてきたのだ。

⑦結局、人。

仕事でいえば、結局、上司。上司が最悪だと判断した場合は上司の上司に即刻相談。話にならなければさらにその上司に相談。大体そういう上司は過去にも部下との不和がある。大抵の人の離職理由の本当の理由は、金でもやりたいことでもなく、上司にあることはその内分かってくる。

⑧謝罪は、翌日すること。

まずメールで謝り、そして直接謝ること。さらにまた会った時、また謝ること。次に謝罪が必要なことが起きても、前回の過剰な誠意が、ちゃんと機能する。

⑨仕事は、しょうもない雑談の延長。

とにかく、雑談。喫煙所でもどこでもいい。君に頼んだらなんとかなるかもと思わせたら、最高。あえて不器用な所を演じても効果がある。そういう奴ほど、なんだかんだ可愛がられる。

⑩用意された仕事のほとんどは、単なる作業。仕事とすら言えない。

働いているだけで、なにかをした気になれる。やりたいことをやれるまで、好奇心豊かに、警戒心豊かに生きろ。ちゃんとそれができるように、ちゃんと睡眠時間だけは取ること。労働で死ぬな。

全くいわれのないことをやったことにされて責められた時、
上品で高潔な人ほど一切言い訳をしない。
だから地獄のような目に遭うわけだが、
こいつはそんなことをする奴ではない、と
堂々と守ってくれる人は天使だと思う。
天使は、普段はただのキモいオッサンだったりするから、
注意して生きていかないとならない。

028

大停電の真夜中

大停電になった夜をたまに思い浮かべる。その停電は幾夜となく続く。原因不明。インターネットも携帯電話のバッテリーもなくなってしまった世界。テレビもない。ラジオもない。もちろん新聞もない。真夜中になっても、街灯一つとして点灯する気配がない都会の裏道。星空というより、もはや宇宙になった夜空。

きっと夜、散歩に出掛ける人は多くなる。チョコもローソクもよく売れるだろう。好きな人にはもう会えなくなる。新しい星座を作る人が出てくる。セブン－イレブンのチキンは暫く食べられないだろう。まったく売れない本屋の詩集コーナーには昼間、少しだけ立ち寄る人が増えるかもしれない。さようならという言葉は、大停電の翌日の夜から、静かにその暴力と美しさを取り戻し始める。

大停電が、来る日も来る日も続いたとする。

いつかは終わると誰もが思っていたのに、何年も続いたとする。きっとほとんどの人が、伝えたいことを伝えたい人に、伝えられないまま死ぬ。でもそれは停電がない今日の時代でも、携帯電話がある今でも、あんまり変わらないことなのだ。

百年後、さようならという言葉はもうなくなっているかもしれない。

黒電話という存在を知らない世代がいると最近知った。実際私もそれを神戸の小さなアンティークショップでしか見たことがない。幸福で孤独なインテリア雑貨として売られていた。私たちが持っていたものもいつかすべてアンティークになる。別れが、まったく別の言葉で表現されるであろう時代には。


真夜中の東京タワー周辺を案内して欲しい、というメールを知らない人から貰ったことがある。深夜一時の芝公園で、待ち合わせをした。冬だった。現れた彼女は煙草を売る仕事をしていた。東京タワーはもちろん点灯していなかった。それでも彼女は煙草を吸わない人だった。私たちは散歩して、いつかやりたいと思っている夢の話をして、そのまま別れた。その後、彼女とは一度も会っていない。

百年後、この電波塔がなくなっていたら嫌だと思う。嫌だと感じる私もいないのに。

夜が好きだ。憎む理由もあまりない。そもそも、明るいものが苦手だ。たまにだけど、コンビニは深夜営業なんかしなくていいと思うことがある。でも、深夜営業がなくなったら、誰も来ない深夜のコンビニで働くのが好きな人たちの行き場がなくなってしまう。私も真夜中にアイスを買いに行くことができなくなる。無愛想で小声で無表情の、愛おしい店員たち。あるいはまた、コンビニ前で煙草を吸う、深夜タクシーの乗務員。

学生の特権は、乗るべき電車の行き先とは真逆の方向に向かう電車に、いつでも飛び乗れることだと説いた埼玉の校長先生がいる。私にとっての夜更かしはまさにそれだ。誰もいない所に向かって走る終電に、なんの理由も目的もなく一人で飛び乗る、あの後ろめたさと興奮が綯い交ぜになった感覚。

携帯電話をいじるなんて真夜中に失礼だ。一人でいる時くらい、ちゃんと一人でいたい。それでも人恋しい時がある。

そんな真夜中に唯一望むこと。夢を諦めた時とか、大事にしていたものを失くしたりとか、そういう時、静かに話せる人が一人いたらいいなといつも思う。相談するわけでもなく、されるわけでもなく。肯定するでも、否定するでもなく。そして褒めるわけでも、貶すわけでもなく。ただ静かにどちらかがぶっ壊れるまで、話すだけ、聴くだけの夜が、あと人生に何回あるのだろう。その夜のためだけに生きている気がする。

奪いたいと思ったら奪え

傷つけたいと思ったら傷つけろ

会いたいと思ったら会いに行け

話せないと思ったら話せないと思うという話を

話しに行って笑われてこい

売れたいと思ったなら世の中で

何が売れてるか勉強しろ

勉強をしたくないなら遊べ

死にたいなら寝ろ

それか旨いもんを食べろ

以上です

029

大人が子供に差し向けることができる、全的な愛の一例

誰もが認める通り、学生の最高の特権は、学校に行かなくても良い、ということだ。

私は筋金入りの元不登校生だ。幼稚園から高校まで週五日の授業を、私は週に二日しか行っていない。漢a.k.a.GAMIというラッパーがいるが、私a.k.a.週二日通学である。全力で、毎朝の登校を拒否した。学年主任からは何度も怠学による放校処分をチラつかされた。結局、それでもなんとか大学まで進学した。親に感謝である。

いじめられていた訳ではない。父も母も今も健在だ。会いたい旧友には、今でも会う。懐かしいねと言い合う思い出もいくつかある。成績も悪くなかった。

しかし、不登校だった。学校に行くことが、大嫌いだった。

ある日放課後職員室に行って担任のデスクに向かい、「今大丈夫ですか」と先生に

声を掛けた。「おう」と答えた先生に、「あの、もうひたすら学校に行きたくないので、私を不登校生にさせてください」と相談した。先生は目をパチクリさせた後、ガバリと椅子から立ち上がり、私の腕を黙って引っ張って面談室に仕舞い込んだ。

「まあ、俺もそうだったんだけどさ」と、ソファに腰かけながら先生は切り出す。

「俺も学校が嫌で、家の屋根の上に登って、朝から晩までアマチュア無線で知らない人とたくさん話していたんだ。おまえと同じ年の時。大学生とも話したし、カナダ人にもよく無線は繋がってさ。そいつ日本語を話せないだろ。だからそいつと話したい一心で英語勉強して、気付いたら、今の仕事に就いてたんだよ。ウケるだろ。不登校だったけど、真面目だったんだ」と先生は眉を掻きながら続けた。私はそんなことをこのタイミングで真面目に語りだす先生が、大好きだった。

「学校に行きたくなかったら無理して行かなくていい。でも、なにかに熱くなれ。人恋しさみたいなのも忘れるな。卒業は、俺がなんとかする。おまえは、好きにしろ」と先生は加えた。先生もたぶん、私のことが好きだった。そうして先生は自身の給与査定に間違いなく響くような決断を、ほぼ一瞬で下してくれたのだった。

その日を境に、私は先生公認の不登校生になった。

毎朝学校に行く振りをして、制服姿で市立図書館に何百回も行った。

アマチュア無線なんて高等技術を私は持っていない。開架に置かれた、もう死んでしまった人の話をひたすらに読むだけ。今思えば、平日の朝から晩まで毎日図書館で片っ端から本を読み漁っていた子供は、どう考えても警察の補導対象であった。

それでも補導されなかったのは、私が子供にしては老け顔で、受験を控えた高校生に思われていたからかもしれない。でもそれは有り得ない。私はまだ中学三年生だった。

推測に過ぎない。きっと、本当は司書のおばさんが、本棚の向こうで、隠れて私を見守ってくれていたのだと思う。居場所のないこの子を、今暫くはここにそっとしておいてあげようと。話しかけた方がいいと思いながら、話しかけないようにしてくれたのだ。

本を読むのも飽きた頃には、私はまた学校に戻っていた。学校が退屈なのは、周りのせいではなく自分のせいだと気付いたのだ。青春小説を読んで、血が熱くなってしまったのかもしれない。この退屈な人生を、なんとかしようと思った。言ってしまえば、人恋しさに負けたのだ。

九月一日は、学生が一番自殺する日らしい。

学校に行きたくない。かといって、家にいるわけにもいかない。親には言えない。先生は遠い。友達はいない。許してくれる人は、一人もいない。ただそれだけの理由で自殺するのかと思う人もいる。それはとても強い人の考え方だ。でも、それだけの理由で、人は死を選べる。

学校に行きたくなければ、行かなくてもいいんだ。そういう時は図書館に行ってもいいんだと、もっとたくさんの大人が言えたら、死ななくて済んだ子もいたはずだ。

先生になる人は、基本的には学校が好きだった人ばかりだ。学校が嫌いだったことのある大人しか、学校が嫌いな子供を救えないのだ。

司書は、きっとなにも言わなくても、そんな子供のことを受け入れてくれる。分かってくれないような人生を歩んできた人は、そもそも司書なんかになっていない。あるいは、なっているべきでもない。

学校が嫌なら、行かなくてもいい。でも勉強は続けた方がいい。

本も、少し読んだ方がいい。それは頭がよくなるからとか、そんな理由からではない。頭なんか悪くてもいいと、思わせてくれるからだ。どんな風になっても、生きていけると教えてくれるからだ。

友達も親も先生も捨てて、図書館に行ったら、友達や親や先生になってくれそうな本を、少しずつ探せばいい。そしてそれにも飽きたら、ちょっと腰が痛くなったら、もう一度傷つくために、図書館を出たらいい。気が向いたら、学校に行ったらいい。

最終的な人生の質はその人の美醜でも
年収でも学歴でもなく、出会った人と、
その人となにを話すことができるかだと思う。
受験や就活で失敗しても、
好きになれそうな人、憧れるほどかっこいい人や、
騙されてもいいと思えるような人に出会えたら、
それが一番良いと思っている。

030

もらったものではなく、あげたものしか、この世に残らないということ

誰かにプレゼントを選ぶ時にいつも思い出すのは、「好きな人には小さいものをいきなり渡せ、ちょくちょく渡せ」という亡き叔母の教えだ。事実、叔父は飴ちゃんとチョコで落としたらしい。ＧＨＱのようである。男なんてたぶんいつの時代もチョロい。

男に贈り物を選ぶ時は、総理大臣になってもホームレスになっても使える物の方がいいと、どこかで聞いたことがある。その通りだと思う。

贈り物が嬉しいのは、会っていない間も、こんなに好き嫌いの激しい自分のために、あれでもないこれでもないと迷い尽くして、それでも諦めないで、たった一つのものを選んでくれた、相手の度胸と時間に思い至るからだ。

贈られる側である限りは、それでいい。が、いざ自分が贈る側になると事態はいき

なり深刻になる。

腕時計を贈るのは、あたかも、これからずっと一緒に生きましょうねとごねているようで、重いと思われそうである。財布は、きっと今使っているものが一番のお気に入りなのだろう。服なんてあげるのは好みの押し付けすぎ。香水なんてもってのほか。キーケースだと遠すぎる。ネックレスやピアスは、付けなければと思わせてしまうのが悪い。付けてくれないと自分が傷つく。家電に逃げるのは癪。食べ物に逃げるのは寂しすぎる。

もう恥も外聞も捨てて、なにか欲しいものあるでしょ、なんでも言ってごらん、なんて叫んだ日には、「欲しいものなんてなんにもないけどね」と外交的に微笑まれて、こちらが頭を抱え込むのがオチだ。

できればお金を掛けたい。でも掛けすぎると重い。かといって掛けないのはおかしい。そんな時、思い出すべきなのは、本当に好きな人からもらったものは、なんでも嬉しかったということなのだ。値段じゃない。昔も、今も。だから自分も値段にこだわらず、堂々と選んで、堂々と渡せばいいのだ。

そして、きっと、それだけだと伝わらないから、手紙も添える。どんな贈り物も、手紙には勝てなかったりする。たとえ最悪なことがあって、手紙は捨てられたとしても、それを捨てたことを本人は永久に忘れられないものだ。

手紙をこのご時世に送るなんて、立派な不良じゃないか。年賀状もそうだ。だから年賀状のコマーシャルは、もう嵐などではなく、どこかのヤンキーが、汚い字で頑張ってなにか書いている、そんなかわいい背中の映像を流したらいいと思う。

死んだ後も残るものは、鳥なら羽、牛なら頭蓋骨、そして人間なら名前だという。でも、名前すら残らない多くの人は存在するわけである。そして名前すら残らない多くの人間がいるため、数えきれないほど多くの小説が書き残された。

本当に残るものはなんだろう。それは、誰かが誰かに宛てて贈ったものだ。自分が欲しくて自分が買ったもの、ではない。なぜならそれは、自分が死ねば誰も愛さないからだ。誰か一人に宛てて全力で差し渡したもののみが、きっと、残る。その人間のささやかな物語と一緒に。ともすれば、半永久的に、残る。

手紙も、贈り物も、相手のためというより、相手と自分が存在していたことを確かにこの時代に残すために存在すると思われる。

恋人という単語が、彼氏とか彼女という単語が
与える印象よりも、遥かに非現実的で、
急迫的で謙虚で、それでいて哀しく奥ゆかしい
印象を帯びるのはなぜか考えていた。

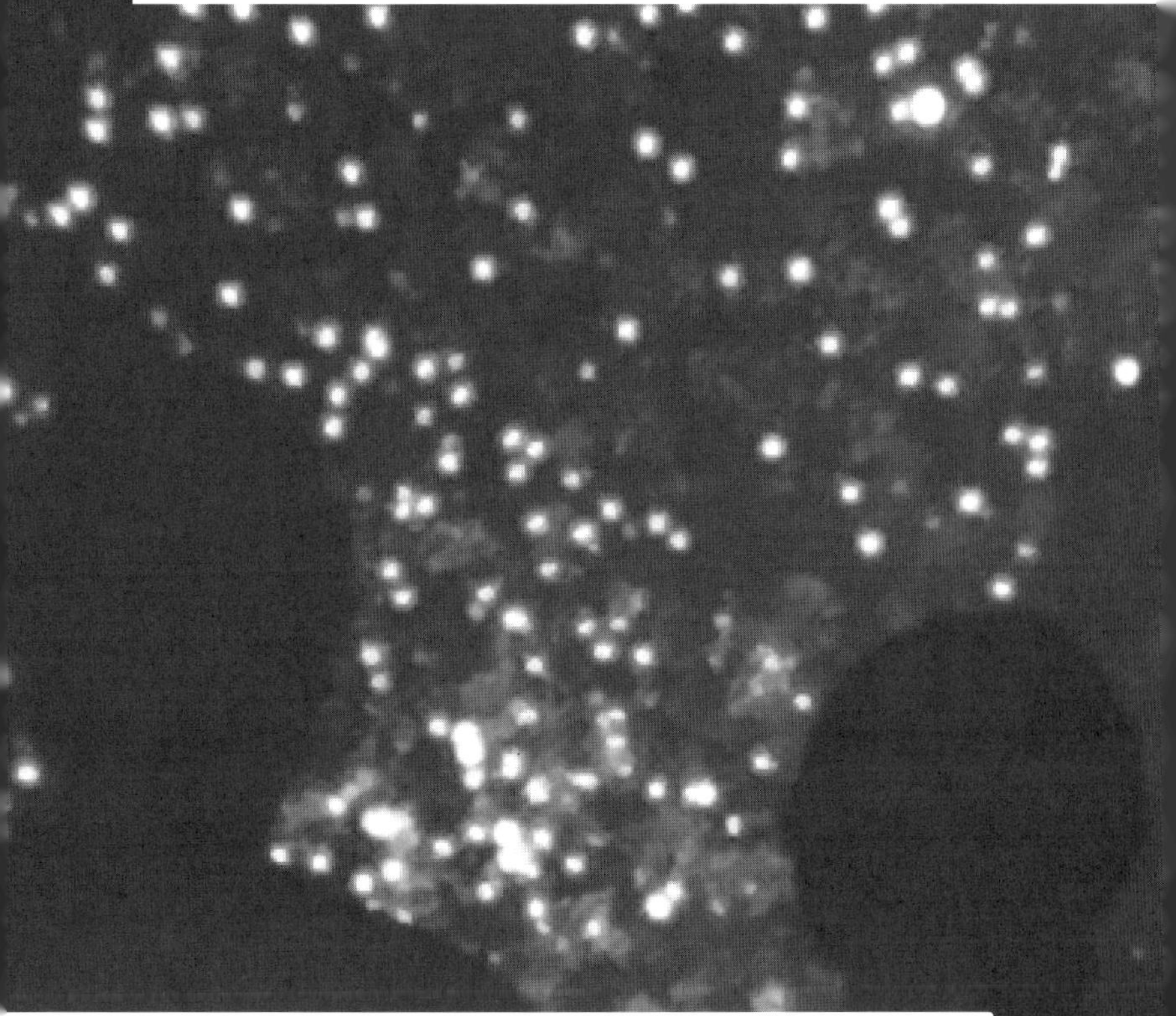

おそらく恋人という単語はまず性別を規定しないし、
その者の生死も問題にしない。
恋人は亡霊であってもなんら差し支えがないのだ。

3章

「寂しいって言って」

031

最高に華奢で最低に可憐で不幸で幸福で贅沢な二十歳前後の世代に捧げる散文

十代終盤から二十代前半、イヤフォンで何度も聴いた音楽や何度も読み返した小説、詩。あるいはどうしようもない日にいきなり訪れた、ありえないほど不条理な出来事。忘れられない夜。誤解。騙されたこと。救われたこと。お金がない時に奢られたこと。憎んだもの。なんとなく借りた映画。好きだった人。その人との別れ方。

それらすべては、珈琲カップの底にいつまでも消えない僅かな珈琲の残滓のように、一人の人間の中に残り続け、こびりつき、そうして否応無く、その後の生き方も決定してしまう。

二十歳を越えたら、もう性格なんて変わらない。

それまでの思い出に生かされもすれば、緩やかに殺されてもいく。

良いことでも悪いことでもあるかもしれない。それ以降、初対面となる人と自分が分かり合えるか否かは、痛いほど一瞬で決まってしまう。初対面の相手もまた、無意識の上ではそう思っていることを、ちょっとした目の合い方・逸らし方ですぐ分かってしまう。「私はこれまでこんな相手と出会ったことがない」のか「相手もまた私のような人と出会ったことがない」のか。

そうすればもう傷つけ合うか、離れるかしかない。愛するか、愛さないかしかない。子供の頃はそれが公園で起きた。歳を重ねて、それが公園ではなくなった。それだけの話なのかもしれない。

大人なんて生き物は存在しない。大人のフリが上手い子供がいるだけで。子供が時々、子供のフリが上手いように。

どうか好き嫌いを貫けますように。そして愛することが、単なる好き嫌いをも超えてしまいますように。矛盾も愛せますように。切ないことは二十歳を越えても起こりまくるから案外最高だと、あんまり大人は言わない。でもそれはみんな口にはしないだけだ。お酒がなくても話せる人、煙草を思わずやめたくなる人にいつか出会えるといい。それまでずっと不良でいたらいい。

そして忘れられない真夜中が来るまで、沢山のすれ違いの夜がありますように。

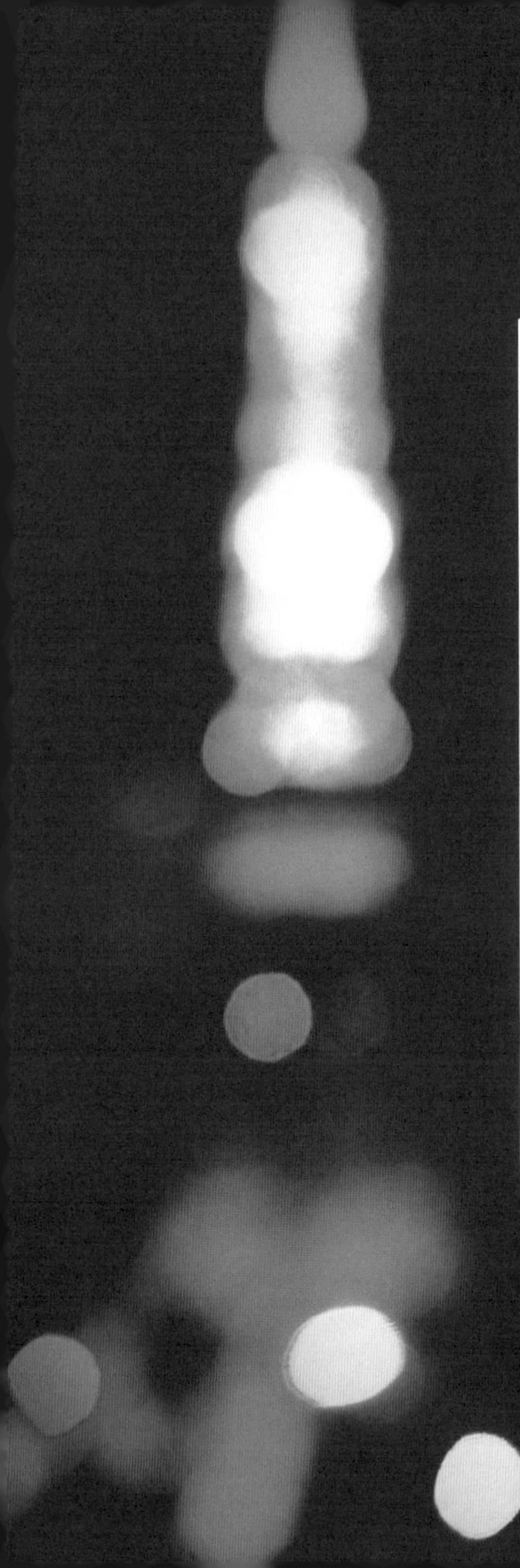

大人の唯一の義務は、
ご機嫌に暮らすことだと
聞いたことがある。
とても好きな考え方なので
本当にそうしたいと
思っている。
誰かのせいにしたりせず、
とはいえ、自分のせいに
したりしなかったりして、
上手く甘える生き方だと
私は解釈した。
上手く甘えることが
まったくできないので、
そういう解釈にした。

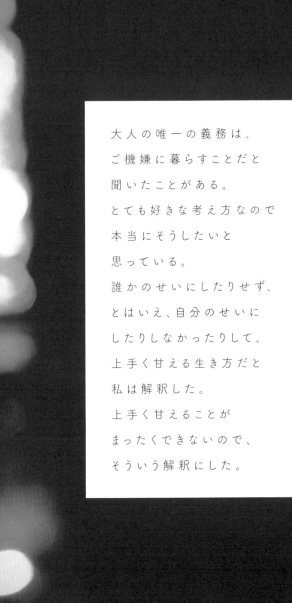

032

嫉妬の取り扱い方

今日も痴漢や殺人を犯さないように毎朝顔を洗う度、鏡に向かって気合を入れている人がいたとしたなら、いつかその人はちゃんと痴漢や殺人を犯してくれそうなものだ。悪口を言わないように頑張っている人は、酔わせたら悪口のマシンガントークをしてしまうものである。なにかが禁止されているのは、なにかが猛烈に欲望されているということだ。思えば刑法は、人間の欲望のカタログである。

嫉妬しないように生きようとしている人がいるが、やめとけと言いたい。我慢はよくない。それが殺意であれ、である。殺人を教唆しているのではない。嫉妬しないように生きる人は多い。感情のジャンルの中でも嫉妬は一等醜悪と考える人もいる。七つの大罪の一つだけある。確かに当事者をシワクチャにさせる峻烈さが、嫉妬にはある。

でも嫉妬しないなんて、まず不可能だ。断じて私たちは聖人ではないし、ついでに言えば、神に愛されているわけでもない。

街を見渡せば、アスファルトはもちろん、オフィスビルも街灯も誰かの自慢の品で溢れている。そこを歩く人の靴だってワンピースだってそう。ユニクロの服もそう。紀伊國屋書店もＨＭＶも蔦屋書店も卓越した才能を陳列し、それには到底かなわない一般人は、フェイスブックかインスタグラムで美味しい料理を洒落た角度で撮った写真か、そうでなければ適当な放言でもして自尊心を保つほかないのである。ちなみに私は「いつか傭兵になりたい」という言葉を最後に、数年前にフェイスブックを退会した。

もう、嫉妬なんて、いくらでもすればいいのではないかと思う。

してはならないものではなく、してもいいもの、いや、むしろ、すべきものなのだ。

なにかに不安になるのは、まだ準備が足りない、という警告だ。

嫉妬は、「いつか自分なら勝てるかもしれない」ともう一人の自分が思った、その時に鳴り響く、試合開始のゴングのようなものだと思う。

そうだ、嫉妬は勝てる相手にしか反応しないセンサーでもある。

イラストレーターの友人に会う度、私は、いつか君が絵を描けなくなる瞬間が楽しみで仕方ないと面と向かって言うと決めている。バンドマンの友人に会えば、いつか君が夢を諦めた時の顔が楽しみでならないと面と向かって言うと決めている。ほんとは絵を描けるのも音楽を作れるのも私は羨ましくて仕方がない。美術は0点だったし、ピアノの先生には怒られるばかりだった。

だから、才能を持った同世代に対しては、全力で彼らの不運不遇を願う。剥き出しの嫉妬と羨望と、悪意を本人に差し向ける。これは、私なりの、宣戦布告である。

嫉妬の類型にもいろいろある。美貌に対する嫉妬・愛情を横取りしかねない元恋人に対する嫉妬・成果は低いのに世渡りだけはうまい同僚への嫉妬、あるいは逆に不良として生きられる人への嫉妬……。嫉妬は大抵悪口となって現れる。でもそれは「私はそれを持っていないので、持っている人はいますぐどこかに消えてください」でしかない。弱点を告白するものでしかないのだ。

解決法はこうだ。

「正直言って、あんたのことが羨ましい」と堂々と嫉妬の対象に言い放つ。そして、宣戦布告。そうしたからには、別の分野で戦って、勝つ。

同じ土俵では、勝てない。それは分かっている。だから自分が一番に勝ち上がれる土俵をなるべく早く見つける。嫉妬は「自分が勝てるフィールドを探せ」という合図も兼ねられているのだ。

ちゃんと勝った時には、そのまま大金を派手に遣うなり、野放図なセックスに興じるなり、猫でも揉むかなりなんでもすればよい。本当の余裕は、その嫉妬や劣等感を戦い抜いた、その先にあるのではないか。それがやがて自信になるのではないか。

嫉妬まみれ、劣等感まみれで生きることは、きっと楽しい。当人は気付いていないが、感情は青春真っ盛りである。どんなに醜くなっても、それでもそんな自分のことが好きだと言ってくれる人に辿り着くまで、どれくらい日数が掛かるか分からない。それでも、その人に会えるまで、きっとその努力は正しい。

というわけで、誰かに嫉妬を一ミリでも覚えたなら、自分が嫉妬をされる人になるまで、黙って手と足と頭を、動かすのみである。

033

劣等感は可愛い

日本文学史上最高の美文家の一人である三島由紀夫が、己の細い身体のシルエットを変えようと筋トレに励みに励んだという話が好きだ。椎名林檎は、実は自分の声が大嫌いだと思っているエピソードも。安室奈美恵の曲の中には「女子会って最高だね、あたし女子会大好き」という趣旨の歌詞の曲がある。女子会をする喜びを、どうしてわざわざ曲にしないといけなかったのか。私は友達がいない人が大好きさである。

劣等感は、可愛い。

ブランドもので身を固める人は、そういうもので身を固めないと不安なほど自信がない人なのだといろんな良識派にとやかく言われがちだ。でも、好きなブランドを身につけて「いつかはあんな風になりたい」という背伸びをし続けることで、本当にいつか「そんな風になる」ということはあり得ると思う。もしブランドがマイナスの効果しかもたらさないなら、遥か昔にグッチもヴィトンも死んでいたはずだ。

「シャネルが全然似合わない年齢の女が、シャネルを身につけることに対して、どう思うか」とインタビュアーに訊かれたシャネルの副社長が、「シャネルはすべての女性のためにデザインした。だからシャネルが似合わない女性なんていないわよ」と答えたエピソードを私は愛している。最高のブランドは、最高のステートメントを伴う、その最良の例だと思う。

ところで美人な知り合いも、そうでもない知り合いも、みんな整形したいと言う。もっと痩せたいと言う。整形したいも痩せたいも「いつか七日間のフランス旅行にでも行きたい」くらいの淡い希望だと思って私は聞き流している。でもその希望の深刻さは刻々と上下していて、ある時爆発し、本当に彼女たちも整形するのかもしれない。違う顔になっていたら、私もドキドキさせられてしまうものなのだろうか。彼女たちの口調も所作も変わってしまうのだろうか。

どうしようもないあなたの劣等感も含めて好きだよと、本当は言いたい。

美しさって、なにかへの復讐のようだ。特に、見た目のそれは。もちろん見た目は綺麗な方がいい。でもそんな猪口才《ちょこざい》で誤魔化せる男は、顔しか見てない男じゃないか。

私が思う美しさは、私一人で信じて、生きていたいと思う。誰かの承認を必要とすることもなく。

副都心全般がそうだけど、殊に新宿は、なにかを作る街というより、消費する街だ。

ビックロ、伊勢丹、紀伊國屋書店、映画館、あるいは歌舞伎町全域。何年も新宿に住んでいて、なにを買うにも不便はない。しかし、なにを読んでもなにを見ても全然満たされない時がいきなりある日訪れた。「そういう時は、君が、なにかを書いたり見せたりする番が来たってことなんだよ」と友人に教えられたことがある。この言葉は、一日に何度でも思い出す。「だからもう、恥をかく覚悟を、さっさと決めたらどうなの」と彼女は言った。自覚的に、私が文章を書き始めたのは、それがきっかけだった。なにかを書くことで満たされる日は来ないけど、それでもなにもしていない時より、幾分楽になったのを覚えている。

ギターを持っているのに、叫びたいことがなにか分からない。万年筆を持っているのに、伝えたいのに、なにを書くべきか分からない。そんな獣のような時代を過ごしている若い世代の、いまにも誰かを切り裂かんとしている瞳が好きだ。世界堂で彫像を物色している時、そんな美大生と今日でもよく目が合う。ヒリヒリさせられる。

みんな、劣等感という、可愛い病気を抱いて生きている。

サラリーマンという職業はないように、大学生という抽象物が存在しないように、普通の人なんて本当はいない。

絶対人前に言えないような性癖は、誰しも一つくらい持っていたりするものだ。そんな病気を隠すのが上手い人が多いだけだ。普通の友情もなければ、普通の恋愛もない。普通の幸福もない。

重病の人が生きやすくなるためには、なんとか病気を治してなんとか普通の幸福を追求しようとするよりも、その病気を形にして周りに撒き散らし、流行らせてしまうのが一番良い方法じゃないかと思われる。

ただのメンヘラはだめだ。しかしメンヘラの神様は最高な奴ばかりである。

その病気を撒き散らしきった後、女にも男にも、総じて人間は大して個性などないということがはっきりと証明されるだろう。

そして、病気であったことが、いつか救いになるだろう。

034

自信なんて必要ない

ポップスターの時代の死。それが歴史的に決定的となった瞬間だったと思う。

レディー・ガガもマドンナもビヨンセもケイティ・ペリーもアリアナ・グランデもエマ・ワトソンも、全員ヒラリー・クリントン候補を応援したのに、結局大統領選でドナルド・トランプには勝てなかった。大統領選なんて昔の話だ。しかし、である。米国内のみならず、世界的に人気な彼女たちが結集しても一人の威勢の良いおじさんを倒せなかった現象には、かなり深い闇が横たわっている。

ヒラリー陣営の敗因はとっくに語り尽くされたことではあるが、その本質的敗因を一言でまとめるなら「自信に溢れた偉い女が自信に溢れた偉い女を応援したことに、その他多くの、とうの昔に自信を喪失していた人たちはうんざりしていたから」だ。

逆にトランプの勝因は、自信をとうの昔に喪失していた人々に選択的に語りかけ続けたからである。

たとえ昔の出来事だとしても、これほど自信について改めて考察を迫られる出来事は私にはなかった。自信は、先日までそれをすでに獲得したエスタブリッシュメントしか語ってはいけないものだった。そんな支配階級の時代が徐々に、転覆されようとしている今、「自信があること」はもはや美徳になりえず、むしろ「自信がないこと」が一つの強烈な力となったように思われる。

そもそも、自信とはなんだろう。

あなたはありのままでいいのよとレディー・ガガは言う。ありのままでいいわけがないじゃないと美輪明宏は言う。筋トレすれば「死にたい」も「ぶっ殺す」になると言う人もいれば、とりあえず整形しろと言う人もいる。人は、自分が救われた方法でしか人を救えない。良い学歴、良い社歴、良い収入、良い美貌。

自信なんて、そんなワンパターンで清潔なものなのか。そうであるはずがない。

私は、自信がないし、そんな自信なら要らない。そしてそのことに、唯一、誇りを持っている。それでも自信を持っているかのように嫌々振る舞う時がある。たとえば、まさに今原稿を書いている時である。でもそれは読み手を不快にさせたくないからだ。自信がない人を、大抵のTPOで人は嫌うからだ。自信がないなら目の前に現れてくれるなと言いたくなるのである。

自信を持て、という常套句がある。

でも本当は、自信なんて、あってもなくてもいいのではないか。

その人が自信を持っていいのかどうかを決めるのは結局、本人ではなく、他人だ。私たちの目の前に置かれた選択は「自信を持つか持たないか」ではなく、本当は「自信があるように人前で見せるか、ないように見せるか、どちらの方がより互いの利益を最大化するか」という二択だけである。それぞれのTPOでどちらの演技を採用し、それを徹底できるかどうか。それしか、問われていることはないのだ。

それだけ、自信はその根拠も、実質的有無も問われていない存在なのである。

それでも、本当の自信を持ちたいという人がいる。そういう人はとても謙虚に見えて、とっても傲慢な人である。

自信を手っ取り早く作る方法というのは、確かに存在する。

服を買いに行く服がない、と同じように、自信が持てないから行動しない↓行動しないからなにも得られない↓なにも得られないから自信が持てない。この負のスパイラルから抜け出すためには、良いことであれ、悪いことであれ、まずは行動するしかない。演技にもおそらく、最低限の経験的根拠が必要なのである。

では、すべてのリソースを注ぐに値する行動とは、なにか。

それは自分の好きなことで、自分が得意とし、そしてなにより、あなたが誰かから頼まれごとをされるようなことである。天職は英語で"Calling"と表記するらしい。神に呼ばれるから、それに向いている。その考え方が私は好きだ。向いているものはなんだっていい。たとえそれが悪口を言うことだったとしても、スキルを極めれば、ラップバトルで三百万円が優勝賞金として手に入ってしまう時代である。

どうすればいいか迷ったら、まずは好き嫌いを知るべく、街に出掛けたらいい。山ほど本を読めばいいし、山ほど映画を観たらいい、音楽を聴けばいい。それにも飽きたらまた散歩して、もっと好きになれそうなものを探しに行けばいい。そうしてたった一人で選び続けた、好きなものと嫌いなものの総体が、いつかなにかを作らざるを得なくさせてくれる。相手が物でも人でも、「好き」ということはつまり、「根拠はないが、自信を持って、たとえ間違っていてもいいから、それを選びたい」という覚悟だ。全選択において後悔はない、という屈託のない決意なのだ。

どちらを選ぶか迷ったら、

役に立つか役に立たないか、ではなく、

好きか嫌いかで選びたい。

好きか嫌いかでも迷ったら、

良い香りがする方を選びたい。

それでも迷ったら、たぶんどちらも、必要ない。

035

壊れないで生きるために

綺麗な一枚の紙に、黒いボールペンで、ぐちゃぐちゃに文字を書き潰したとする。その紙を、両手で握り潰し、何度も何度も踏み躙ったとする。ぼろぼろになった紙屑を「さあ元に戻しましょう」と言われても、もうそんなことはできない。あらゆる傷や汚れ、破れが生じた紙屑は、二度と綺麗な一枚の紙には戻らない。

いじめとは、まさにこのことだとよく言われる。いや、いじめという言葉は正確ではない。他者への暴力とは、まさに右のようなことである。でもこの話の射程は、他者への暴力だけに留まらない。自分への暴力の話でもある。

なにかしら決定的な無理をし続ける努力は、いつの間にか自分も紙屑にするだろう。他人の他人による他人への暴力は敏感に察知できても、しかし人は、自分への暴力をほとんど感知できない。上品で優しく、謙虚な人ほど、知らず知らず、ぶっ壊れる。

　壊れたものは、もう二度と元には戻らない。

　壊れる原因も場所も、様々だ。どうしようもなく向いていないと思う仕事を「石の上にも三年」と言い聞かせながら騙し騙し続けるのは自分への明白な暴力だ。望まない残業も。スマートフォンに表示される不快な広告も、調子の悪いパソコンも、荒れたままの部屋も、洗濯機に溜まったままの洗濯物も、やらなければいけないのに先延ばしにしては何度も忘れているタスクも、満員電車も、暴力である。

　それぞれの鬱陶しさや面倒くささは些細なものでしかない。しかし、身体がいつの間にかその負債を総体として、山のように溜め込んでしまう。そしてある日、ブツンと心が死ぬ。立派な紙屑になる。

　そうなってからでは、もう遅い。

　十年後も関わり合っていたいと思えないようなものに、明日も明後日も関わる必要なんてない。私はこんな努力や我慢なんてちっとも美しくないと思う。

　頑張らずに続けられる。それだけが正しいと思う。頑張らなくても続けられることだけを淡々と続け、だから、いつも余裕で、上機嫌で暮らしている人。そんな人の方が、いつも不機嫌な人より、よほど美しい。それが才能というものでもある気がする。頑張った話も辛かった話も、どうでもいい。昔は今と違って辛くて大変だったらしい苦労話なんて尚のこと、どうでもいい。

楽に生きて、長生きする。必要なのはそれだけだ。

最悪な環境から逃げると決めた時は、最高速度で逃げるべきだと思う。

逃げるべき方角は、楽しいもの、愛おしい人、得意なこと。あるいは、その全部。

いつも選んでいた方角とは正反対の方角である。

そうして好きな人と話して、好きなものを食べ、好きな音楽を聴く。好きなことをする。好きなだけ眠る。たまに無駄遣いもする。時間が余ったら、お部屋もちょっと綺麗にする。一日に一回か二回は適当な嘘も吐く。そんな風にして生きている自分をそのままに好きになってくれた人に出会ったら、大切にする。大切にし続ける。

それこそが自分を大切にする方法だと思う。壊れずに、かといってなにかを切り捨てて無神経に生きることはない。ちゃんと、繊細に生き続けるのだ。

036

嘘

嘘って、嘘を吐く相手よりも守りたいものがある時に吐くものだ。

嘘が好きだ。映画、小説、音楽。プラネタリウムも、美しい嘘。辛いこともいつかは報われるという努力信者も、仕事は自己実現に寄与するとする労働信者も、いつかは運命の人に出会うという運命論者も、信じたくなる嘘を信じている。

信じたい嘘を信じて、生きる。それだけでいいのだと信じたい。

037

学生時代について、本気で後悔していること

高校最後の授業の時、現代国語の先生が「私の授業も私のこともすべて忘れてくれて結構なのですが」と前置きして「君たちが死にたくなったら、すべきことがたった一つだけあります」と教壇に両手を置き、「死にたくなったら、とりあえず寝なさい。眠れなければ散歩して、夜明けを見に行きなさい」と加え、彼の授業は終わった。

先生自身この言葉にきっと何度も救われたことがあるのだろうと思った。人は自分が救われた言葉でしか、人を救えない。

卒業式は別れさせられる日だと思っていたが、一生の別れとするかそうしないかを決めさせてくれる日でもあった。で、もうこれが一生のお別れだと思って嘆いた相手とはなんだかんだ理由付けて今でも会い続ける。「またね」と別れた相手とは、本当にそれっきりだったりする。でもこの瞬間、先生も同級生も間違いなく一瞬にして他

人となった。十八歳の冬、卒業式の日に。

大学に入ってからは、本ばかり読んでいた。教授ではなく先生が欲しかったのだ。お金もなく、新潮文庫をひたすら読んでいた。

太宰治は本当に素直になりたい時に何度でも立ち返ると良かった。三島由紀夫は美しいと思うものを、「美しい」という言葉を遣わずに表現する言葉を教えてくれた。夏目漱石はふてぶてしく生きたい時にちょうど良い。芥川龍之介は言葉や物への感度を極端に上げたい時に良い。谷崎潤一郎は、もう変態でもいいやと思わせてくれる。村上春樹の小説に出てくる主人公は、ふと気を抜けば強く濃く射精している。もちろん、私には友達なんて全然できやしなかった。

遊んでいられるのは学生の間までだから、今のうちに遊んでおきなさい、と大抵の周りの大人が助言をくれた。しかし大人になってからも遊んでいるのか仕事しているのか分からないくらい愉しそうに暮らしている人間の方が、どう考えても羨ましい。そんなお先真っ暗な話は嘘だ、と思った。

どうすればいいか、なにをすればだめか、それが分からず、ひたすら本ばかり読んでいた。

青春は莫大な選択ミスの連続。そうであったはずだった。しかし私は一括でそれぞれの選択項目に「選択しない」というチェックを入れていたように思う。

だからいま、いくつか本当に後悔していることを書いておきたい。

読書は明らかに体系的にすべきだった。そうしないと記憶の容量の無駄になった。たとえば夏目の『吾輩は猫である』を読んだら、それに対する注釈や解説をしている本や論文を五冊くらい読んだ方がいい。本はどれだけ多く速く読んでも「知識」しか溜まらない。これでは意味がない。多角的に一つのものに当たって初めて「見識」になる。これには汎用性がある。どこで暮らして、なにを見たとしても。

また、大学を「なにかを教えてくれる場所」だと思って少しでも期待していた時間は、完全に無駄だった。大学は「教えてください」「はいどうぞ」という場所ではなく、「これとこれを知りたいから、さっさと教授か、教授がいないなら専門書をとっとと寄越せ」と押しかける場所である。受験勉強なんてお遊びに過ぎないほど、大学時代は勉強すべきであったことを、もっと早く知っておきたかった。

そして没頭する勉強は、英語でなくてもよかった。

通訳を雇えば一瞬で済むような英語に、過激な量の時間を注ぐべきではなかった。

どうしたって帰国子女の脊髄反射のようなスピーキングやライティングには勝てない。上には上がいる勉強には、わざわざ手を出さなくていい。ある程度英語が分かったら、あとはなにを今言うに値するか考えた方が、何万倍も価値がある。

また、過剰にバイトすべきではなかった。

ちょっとしたお金を自分の力で稼ぐのは、確かに気持ちがいい。自立した気にもなれる。が、事実は、どこぞの企業に貴重な生命を一時間千円でくれてやってるだけ。なにかした気になっていた。齧《かじ》れるなら、親の脛は齧り倒せばよかった。千円前後で、勉強する時間を売るべきじゃなかった。遊ぶ時間も売るべきじゃなかった。

そんなことをするくらいであれば、もっと無計画に旅をすべきだった。青春そのものは、無駄なら無駄で、もっと大胆に空費すべきだったのだ。

そして最後に。

寂しい時は寂しいで、ちゃんと人に会って、甘えるべきだった。思い出は、恥ずかしいことをしないと作れないものだ。今になって知った。一言で言うなら、もっと恥をかけばよかった。

038

香りについて

最後まで人が忘れられないものは、香りらしい。

まず声を忘れる。それから体温を。次に、形を忘れ、言葉を忘れ、横顔も忘れる。それでも最後まで忘れないもの。暴力的に私たちを立ち止まらせて、一瞬にして現在から過去へと突き飛ばすもの。正確に身体に埋め込まれた、時限爆弾のようなもの。恋文にも似た、脅迫状のようなもの。

香りという形のないものを的確に表す言葉がないから、人はまずそれを意識的にも無意識的にも、藁をも掴むようにして、記憶するのかもしれない。

かつて好きだった人が愛用していたフレグランスは、イヴ・サンローランのものだとばかり思っていた。私はそれをとても気に入っていた。そうして先日再会した時、ふと直接訊きたくなって、あなたが使っていたフレグランスってどんな名前だっけと訊ねると「あたしは香水なんて付けたことない」と答えられ途方に暮れたことがある。なんてことのない会話を交わしながら、黙ってその人の香りに集中したのだけれど、たしかに、もうその香りは私が知っている香りではなくなっていた。もしかしたら、本当はあの時と同じ香りを放っていたのかもしれない。でも、それは違ってい た。つまりは、もう、そういうことなのだ。

それでも街角で懐かしい香りにぶち当たった時は、肋骨が軋みそうな痛みを感じる。もう、なんとも思っていないのに。あるいは、その人の名前を聞いた時も、だ。もう、どうしたいとも思っていないのに。そう思うことも、私が私に吐く嘘なのだろうか。

香りは二度目以降の失恋を、何度でも私たちにもたらす。

そんなわけで、フレグランスが好きだ。無駄で、贅沢で、孤高。あるいは、煙草や映画館と同じ性質だ。フレグランスもまた、私たちを一人きりにもさせてくれれば、一人ぼっちにもさせてくれる。人工的孤独とは即ち、他人に与えられる地獄でもある。

雨の香りも良い。

雨が降った後の匂いは、植物中の鉄分と地表の微生物とが混じったものらしい。つまりは遠い昔の、誰かの死体の一部が混じっている。雨の匂いがどこか懐かしく、死を静かに連想させるのは、きっと偶然ではないのだろう。

愛される本に、栞が挟まれる。香りは、思い出の余白に挟まれた栞のようだ。

母から初めて盗んだものは、香水ボトルだった。CK One。シンプルな石鹸の香り。正しくありたいと思わせてくれるような香り。勉強に疲れた時はそれを首につけて、目覚まし代わりにした。夏の香りと謳われている香水だけど、私にはそれは冬の香りがする。

きっといつかそれは、母を思い出す唯一の香りになる。そしていつかひどく寂しい香りになる。幸福な記憶は、いつかすべて、そうなることを約束されている。

上手に人間のふりをしたところで、私たちは本来的に、獣だ。嫌いな香りがするものと、人は付き合いきれない。好きだと思っていても、その人の香りが好きでも嫌いでもなくなったら、その関係は終わりに近い。その容赦のないシンプルさが好きだ。

好きなものからは、いましばらく、幸福な香りがする。

０３９

宇多田ヒカルと椎名林檎とそして平成時代に生まれた私たちについて

宇多田ヒカルの曲は、人を孤独にさせる意思を持った曲だと思う。小室哲哉が、人を孤独にさせない音楽を作ったのと同じように。『世界に一つだけの花』を歌ったのがSMAPなら、世界で一人ぼっちのあたしをずっと歌い続けているのが宇多田ヒカルだ。カラオケで歌って盛り上がるというより、イヤフォンで一人で聴きたい曲。彼女の『Automatic』を改めて聴き直す度、小学生の頃塾が終わってバスに乗って帰った、あの微熱や冷たい車窓の雨を思い出す。なに一つ才能がないからこうして勉強させられているのだと子供ながらに思い、軽やかに絶望したことも。

青春とは間違いなく暗いものだった。明るいものでは、決してない。

そして音楽は、映画や小説と違う。

現実ではたった数秒で終わった一瞬の出来事が数分間のメロディで歌い上げられる

からかもしれない。あるいは、それを繰り返し聴きながら見た景色が曲に何度も上書き保存されたからか。誰かに自分の歯並びを見られるよりも、iPodのプレイリストを見られる方が恥ずかしい。

音楽はずっと昔から、少しずつ自分も時間も綺麗に歪めていた。

そしてある日、何食わぬ顔で大人のふりをしていた私たちを、ものの数秒のイントロで、かつての時代へと吹き飛ばす。

普遍的な女の子の像を歌っているのに、宇多田ヒカルと椎名林檎がこんなにも歌詞や色彩、その作風が違うことによって、多くの現代人がくだらない理由で死ぬことを免れたと思っている。もう私たちが言うべきことなんて彼女たちがほとんど言い尽くしたのではないかとさえ思う。

丸の内を歩けば、あるいは僧を見れば、終電に乗ったり、池袋を通過する時、必ず『丸ノ内サディスティック』を思い出す。リリックに撒き散らされた東京の地名と、固有名詞。東京に住み始める前と後で、何千回と聴いたあたりで、ふとこの曲は娼婦の恋歌ではないと気付いた。都会で生きていくためには、自分の一部である身体も精神も切り売りせざるを得ないということ。セックスや自慰では、救われない寂しさ。好きな物や人の固有名詞を撒き散らすことで、なんとかそれでも自分を確保しようとする、人間の最後の悪あがきが歌われているのだと、やっと分かった。

　椎名林檎が好きだと公言できないほどに、椎名林檎が時代のダークサイドを歌い上げていた時代も終わって、いつの間にか彼女は歌舞伎町から新宿伊勢丹へ、そうして母親となったり資生堂の広告に出たりして、神楽坂や溜池山王へと消え、気付けばオリンピックの閉会式にその面影を僅かに残していた。

　ところで私は新宿に住んでいる。思い出したように、新宿はそれでも豪雨が降る。

040

冬、秋、夏、春

誰でもよかった夏。誰でもよくなって秋。そして誰もいなくなる冬。感情は死に切って春。

嫌いだと言ってみせた季節には、かつて好きだった思い出があるに違いない。

私は初対面の人に、必ず好きな季節と嫌いな季節を訊くことにしている。あと、雨が好きかどうかも。ミントアイスが好きかどうかも気になる。それは年齢とか出自より、私たちにとって遥かに重要なことだ。


春は怖い。

会いたい人に会いに行く人の正しさも好きだ。会いたい人には絶対会いたいと思わせて、会いに来させようと努力をする人のことも。もう会わないと決めて一生その後悔を引き受ける覚悟をした人も。懐かしい人肌のような夜風に襲われて、春の夜、そういうものすべてを都合よく曖昧にして、忘れそうになる。憎たらしい桜。それをいつか吹き飛ばす雨。

このまま季節の話を続ける。どうせ私たちは他人のままだから。

夏生まれの人を好きになったことがある。好かれたこともある。でも、すぐ別れた。夏生まれと聞くと、だからすこしびくりとしてしまう。そうなるか、そうならないか、二択しかないから。

夏を、私は愛していない。愛していないだなんて、告白のようなものだけど。花火大会には必ず行く。夏の悪口なんて私にはきっと百年早い。断られて一人で見に行く花火も、誘えずに一人で見る花火も美しい。嫌いでもなければ好きでもない男と花火に行く女。それを知っていて微笑んでいる男。行方不明にはなれず家に帰った子供。夏が、引きちぎれるほど切ないものであればいいのにと、いつも思う。切なさを愛するのは、それが私たちを少し殺してくれるからだ。

寂しくないと言い聞かせる秋の寂しさを人は愛する。

虚しさが肺から込み上げる、あの幸福な感覚。

十一月が私は一番好きだ。十月の空虚とも十二月の喧騒とも無縁で、誰もいない海みたいに静謐で安全で幸福で。ある一定の気温を下回れば、人は寂しさだなんて贅沢でくだらないものを感じなくなるのだと思う。それに、十一月生まれは甘い嘘吐きが多い気がする。

十一月になれば、愛だの恋だのどうでもよくなる、一人でもちゃんと生きていけると思わせてくれる冬服が欲しくなる。十一月主義という名前の香水がどこかに売られているらしい。そういえば私も十一月生まれだ。


冬。

重くなった煙草。さりげなく冬にだけ使う香水。そのことを誰にも言わない贅沢。かつては優しかった人のコートの美しさ。クリスマスを憎んでいた時代の愛おしさ。雪にも感傷にもならないであろう雨。忘れたいことなんてなんにもないのに、忘年会の連絡。

独り言にもならない出来事が、冬の輪郭を形成し、私たちを突き飛ばす。

会いたいと思っても会いたいと思ってもらえていないであろうこととか、その人にも大切な人がいて、それは絶対に自分ではないこととか、懐かしい旧友との昔話で笑い合った後一瞬だけ訪れる、あのどうしようもない沈黙とか。十二月も終わる頃は、無意味になにもかもが寂しくていまだにちゃんと嫌いになれない。

十二月の末日には、感情の95パーセントが死んで、そうして一月になった瞬間、残りの5パーセントは即死するような感じがする。いきなりどこかの誰かにまた新品・未使用の感情を押し売りされ始める一月をなんとか素通りし、でもいまなにをどうすべきかもわからないまま二月も過ぎて、三月の終わる頃にまた襲い来る、あの春を予感させる風。

いつか出会えるといいね。さよなら。

終わらせたくないから、
始めないようにする、ということもあった。
いつかすべて終わる、
ということに救われたこともある。
でも、もうそれには救われなくなった。
なにごとも、救われなくなってからが本番だ。
愛せなくなってからが本番だ。
前後不覚になってからが本番だ。
あるいは、死にたくなってからが本番だ。

041

もう痩せなくてもいい愛が欲しいし、それでも人は生きていくし

気を抜くと、キューピーちゃんみたいな体型になっている。

ダイエットを決意した日からは、威勢よくセブン－イレブンのサラダチキンを一時間掛けて食べてみせたり、真面目にプールに週に五日通ったり、断食すらも試すのは、それなりの乙女である私も、経験のあることである。一度決めたらカントリーマアムも食べない。大人のカロリミットにも頼る。使えるものはすべて使う。すると、確かに一日0．5kgずつ痩せていく。猛烈な放物線を描いて、アプリで記録する体重グラフが標準体重へと落下していく。努力が見える喜び。軽くなる心。

で、もういいかなと図に乗ったが最後、そのままなにもせずにボーッとしていたら元の体重にボンッと戻る。鏡にはお馴染みのキューピー体型が映る。

詰めが甘い。しかし世界に甘いものが溢れているのが悪い。諸行無常だ。

痩せている人は偉い。あらゆる自然の摂理と戦って、勝利している。

知り合いのモデルは、人前ではなにも口にしないと決めているという。客から無理やりご馳走させられたものは、男がお会計している間に、トイレで全部吐くらしい。普段の晩御飯はコンビニのおでんの大根だけだったりと、徹底している。

こいつと違って別に脱ぐ機会なんて医者の前くらいしかないしなあと思ったらもういよいよ末期。一生痩せられない。

本当は「痩せなくてもいいように生きたい」と誰もが思っているのではないか。もう痩せなくてもいいと思えるような愛を見つける方が、遥かに優先されるべきことではないか。

結婚後、産後、引退後、もしくは休暇中、激太りした芸能人を下世話な週刊誌が嬉々として誌面に飾る。誰もがみんなレオナルド・ディカプリオみたいな役者ではないし、クリスティアーノ・ロナウドのような筋肉の権化でもないのに、である。

幸せな人は、もう痩せる必要がなくなったのだ。

痩せなくても、愛される方法を知った真の勝者なのである。

週刊誌で思い出した。スキャンダルを報じられ芸能生命や政治家生命を絶たれた人の、その後の人生を追う、「あの人は今」風の番組が、私は好きである。

あの時どうだったんですかと、記者が彼らにキツい質問を投げる。本人は遠い目をしながらもう国民の誰もが忘れかけていた、浮気やら不倫やら薬物の問題を語る。しょうもない番組である。ぶっちゃけ浮気も不倫も好きにしたらいいし、最初から個人の自由の話なのに、それでも加害者とされる彼らは反省の弁を垂れる。その様を見るのが私は好きなのではない。

彼らが、ただ生きているという事実が好きなのだ。

どれだけ世間を敵に回そうが、冷たくされようが、それでも彼らはこれまでもこれからも生きていく、その事実が好きなのだ。たぶん、だけど、それでも生きていこうと思わせてくれた誰かが、彼らにはいた。百万人に嫌われようが、たった一人そんな人がいるだけで、彼らは生きていこうと決めたのかもしれない。それだけを傘にして、批判と侮蔑と嘲笑の大雨の中を、それでも歩いていこうと、決めたのかもしれない。その途方も無い人間の弱さと、強さに、「あの人は今」を見る度、思い至るのである。

042

感性を死守するということ

「死にたくなったら、まず寝なさい」という恩師の台詞も、確かに正解だった。
そして「死にそうなほど退屈したら、カメラを持って、街を歩け」と教えてくれた先輩の台詞も私は忘れられない。外の世界に対する感度を意識的にでもいいから自力で引き上げて感性を守るべきだと教えてくれた。視界の上下左右から背後まで、自分の周りに起こる全部をできるだけ逃したくないと五感をフル稼働させることなんて、確かにカメラを持って歩く時くらいしかない。

感性の自衛とでも言おうか。その考え方が、すごく好きだ。ひとりでいる時こそ、美しいものを見つけなければいけない。そのために、それを見つける感度を守る。

私たちはきっと自分たちが思う以上に、機械的な存在なのかもしれない。
余りの熱気や冷気や湿気には弱い。叩いたり怒鳴ったりして治るのは稀、というかほとんどなく、大抵は壊れる。放っておいても壊れる。矛盾する指示の下では、強制停止する。電気かオイルを与えないと、動かなくなる。それでも定期メンテナンスが必要な存在。

時代はそろそろ、永久に壊れない機械を完成させるだろう。だから将来的に、人間が壊れるということを忘れる世代も出てくるのかもしれない。永久に壊れない人間という存在は、まったく観念しにくい。不老不死の概念が発明されたとしても、である。

不老不死の人間の感性も、はたして不老不死なのだろうか。なんにもいいと思えない状態は、生きていると言えるのだろうか。

感性、という単語が用いられた文章の中では、「才能を使い切って見せてくれる人には、こちらも感性を使い切って感じたい」という椎名林檎の台詞がとても謙虚な使い方で好きだ。「感性を使い切って」とあえて言う時、「感性」は自明の存在でも自働の存在でもない。自分のものではあるが、自分のものではない。

だからその取扱いに、細心の注意を払う必要がある。

０４３

恋

もう誰かに見せびらかす必要も感じない恋
痩せたいと思う必要もない恋
日記の最初の一行目が書けなくなる恋
藍色でも水色でも赤色でもない恋
シャッターを押せなくなる恋
映画館に入れなくなる恋
煙草を吸い忘れる恋
聖書も六法全書も燃やしたくなる恋
ラヴソングは何の役にも立たない恋
友達といる時にふと思い出す恋

破産してもよかった恋
裏切られてもよかった恋
酔ってない振りをした恋
メルカリに引き取り手はいない恋
ディズニーランドから最も遠い位置でする恋
なにを書いても恋文になる恋
テロリストも夜泣きをする恋
適切な贈り物が思いつかない恋
猫も月もサイレンも邪魔な恋
恋と形容することも憎い恋
言葉も昼も敵に回す恋
理由のない恋
緩慢な自殺と区別がつかない恋
距離も年齢も性別も名前も顔も身体も意味のない恋
インターネットにはなにひとつ痕跡を残す予定はない恋

０４４

どうでもいいものを集めて、世界を壊したい、私を許したい、あなたを愛したい

好きだと言えないから、会いたいと言うだろうし、会いたいと言えないから、飲みたいと言うのかもしれない。飲みたいとすら言えなければ、もうどうでもいい話しかできないだろう。どうでもいい話はどうでもいい話で、純正の告白だと思う。

どうでもいい話が好きだ。昨日見た夢の話。かつての自慢話。愚痴。これらを面白おかしく話せる人は御悧巧だし、面白おかしく聞き出せるような人はとても愛情深い人だと思う。どうでもいい雑学も可愛い。木星には地面がなく、人間が着地しようとしたら最後、火傷して死ぬこと。「かつて愛していた人で、今はもうそうではない人に抱く感傷的な気持ち」を一語で意味する、razbliutoという英単語が存在すること。

どうでもいいものは、どうして一瞬、どうでもよくないものに映るのだろう。

どうでもいいという言葉自体にたぶん嘘があるからだ。本当は、どうでもよくな

い。だからこそ、どうでもいいという強い言葉で形容しなければいけなくなる。

幸福なことも不幸なことも起こらない、どうということもない日が一番特別だったと気付く日が、いつか決定的に訪れるということは、なんとなく知っている。洗濯物をしまう母や、だらしない寝顔の恋人、居酒屋を出た瞬間、少しあくびをした友達。ふと電車の窓から見えた、全治二秒くらいの傷を負いそうになる、夕暮れの鋭角の光。

あるいは。駅前で別れる時は、玄関で別れる時は、大切な人を見送る時は、それが最後の別れになるかもしれないということを、何度でも忘れてしまう。ほんとにくだらない理由で、それが最後になることはこれまで何度もあった。だからこそちゃんとしなければならないということを、何度でも思い出す必要があるだろう。

日記を書き続けたいと思う。どうでもいい日記を。どうでもいい一瞬や、なんでもない一日のことを、書いたり、写真に撮っていたなら、いつかそれは宝物になる。面白い話なんてする必要はないのだ。良い写真を撮ろうとする必要もないのだ。

私は、私を笑わせたり、納得させたり、感動させたりする必要はないのだ。

眠れないのは一日の出来事すべてに納得してはいないからだろうし不機嫌なのはチョコが足りないからだろうし君も僕も手に入れられないものがただただ憎いままだろうし渇いているのは海に行ってないからか好きな詩をひとつ忘れたからだろうし春が嫌いなのは新しいことが起こる気配はもうないからだろうしそれでも春生まれの人をなんとなく泣かせたくないと思い続けるだろうし僕らは春に何度でも行き場を失うだろうし眠れないなら眠らなければいいし失いたくないなら手放したらいいしどうにもならないなら壊せばいいしいつか奪われる覚悟があるなら奪えばいいし世界が退屈なのはアイポッドのプレイリストのせいにすればいいしなにを読んでも救われないなら書けばいいしどっちか迷ったらどっちも取ればいいけどたいていどっちもいらないし自撮りを繰り返さないといけないほど自分の姿には納得していないのだろうし携帯を繰り返し触らないといけないほど一人だと認めた

くないのだろうし友達がいないと不安になるほど自分のことは考えたくないのだろうし他人と比べないとやっていけないほど勝利の基準を作れる価値観がご自身にはないのだろうしでも私のつらさとあなたのつらさは関係ないし追体験できないしそれでもあなたが誰にも話さなかったことを私は知りたいと思うしきっと知れなくてもそれが私たちに皮膚がある意味だろうしだからもう言葉にできなければ写真にすればいいし写真にできなければ散歩すればいいし散歩もできなければ眠ればいいし眠れなければ起きてればいいんだけど起きてるのも嫌なら美しいものだけ見ればいいしでもそういうことをしてるとなんだか世界中が敵に見えて笑っちゃうから美しいものも見たくないならただ一人でいればいいし寂しければ傷つきに街に出ればいいし傷つけたくなければただ黙ればいいしでも黙ってられないからまた書くだろうしそうしたら眠れないだろうし

二十歳の時に知っておきたかったことリスト

○賢さ・強さ・美しさという言葉の意味を、自ら定義し、その定義を体現し続けること
○真っ先に挙げられる愛読書を十冊は持つこと
○読書は体系的に。自分の記憶力を信じすぎない
○嫌いな人を許す
○親も許す
○とにかく、恥をかく

○過激な人ほど優しい

○ＳＮＳで気になった人は、容赦なく呼び出す

○写真は下手でも撮る、文章は下手でも書く、それを続ける

○夢を、大人や金に簡単に邪魔されないこと

○真面目なら、一度は性的に乱れておくこと

○肩書きより、やってること、やりたいことで人を見る

○裏切られてもいいと思えるほど愛せる友達を見つける

○好き嫌いを貫くには、世間はほとんど敵であると知る

○思想は服装で、隠し切るか、見せ切ること

○年の差なんて言い訳にならない

○旅行ではなく、旅をする

○飽きてもいい、続けられるものを新しく探すまでだ

○たった一人で恋愛し、たった一人で失恋する

○失恋で、一度ちゃんと死ぬ

○それでも好きなものを、一人で叫び続けること

○セックスしても手を繋いでも恋人になれないことがある

○朝と昼と夕は、勉強、勉強、勉強、あくまで勉強

○退屈を環境のせいにするのは時間の無駄

○友達と、たくさんくだらない夜を過ごすこと

○友達ができない時こそ、その孤独を誇りに思え

○資格の勉強にハマると、良くも悪くも時間は一瞬で過ぎる

○金を稼ぐ大変さも知っておく

○詩で泣け、たまには海で泣け

○酔っ払った勢いで大失敗しておく

○忙しさは理由にならないと知っておく
○帰っても、帰れない場所ができると知っておく
○学歴というプライドを切り捨てる
○寂しさで、どこにでも行ける
○「別れる」という言葉から、永久に別れる方法を見つけろ

4章

恋愛を越えろ、夜を越えろ、永遠を越えろ

０４５

片思いなんてまったく価値がない

猫アレルギーだ。でも猫が好き。猫なら断然、ペルシャ猫。

ペルシャ猫の先祖はアフガニスタンにその故郷を置いている。もうこの時点で意味がわからない。砂塵まみれになるのに、あんなにフワフワなのである。ペルシャ猫の死因の多くは、自分の長い毛を間違って食べ続けて身体のどこかがおかしくなるのが原因だと聞いたことがある。真偽の程は知らない。そんな噂が立つほど繊細だということだろう。まるで乙女のように可憐。悪く言えば、進化の過程でなんの成長も選択しなかった、超バカな生き物である。かわいい。

ペルシャ猫も、畜生だ。そうであるのに、あの見た目。優雅である以外に、なんの義務もありませんと言わんばかり。そうだ、漱石の『猫』は、真っ白なペルシャ猫のイメージだ。存在として、圧倒的なふてぶてしさ。

ペルシャ猫は他の数多ある種類の猫の中でも、性格上、なにもかもが他人事のように見えているらしい。確かにどの猫カフェに行っても、騒ぐ自分の同僚を上から見下ろして、百万回死んだ猫のように明後日の方向を向いているのはペルシャ猫だけだ。愛おしい。己に生えそろった毛にも然して興味がないのだろう。

自分を愛してくれないものを人は愛し続ける。猫が神になったのは偶然ではない。そして、手に入れられないものほど愛おしい。

まさに現代版『ロミオとジュリエット』。アイスキュロスもソフォクレスもエウリピデスも涙を禁じ得ない悲劇。上等なペットショップのペルシャ猫は五十万円もする。五十万も持ってない。池袋。

猫を飼ってしまうと、猫を飼いたいというこの気持ちも失ってしまうのだろうか。そういう意味で、私は猫に真摯な片思いをしているということになる。

片思いって、楽だ。

見ているだけで幸せになれる。誰かとイチャついているのを見ると嫉妬する。でもその日一度、目が合っただけで嫌なことすべて忘れられる。そのまた翌日も、勝手に愛おしくなって勝手に切なくなって勝手に哀しくなって勝手に怒って勝手に喜んで、寝る。なにか立派な仕事でもやった気になれる。ほんとはなんにもやっていないのに。なんにも、やってないのだ。

もちろんこれは猫と私の話ではない。私は最終的に猫を飼う気でいる。

これは、人間の片思いの話である。

そして片思いなんて、この世でまったく語られるべき価値がない話だと思う。

惚れた相手に恋人がいるとか妻がいるとか、そういうものも含めて、すべての片思いについてだ。明らかに手を出したら火傷する。その一線を前に、燃えるような体温を冷やせないまま眠る人も、この狭い国のどこかにはいるのだろうなと思う。そんな女も男も含めて言う。あなたの物語は、まったく語られるべき価値がない。

片思いの夜は、まったく報われない。マスターベーションを何度したって虚しい。だったら一発ヤッてこいと思う。神様はなんにも禁止なんかしてない。まずはセックスしろ。それから考えろ。もっともっと問題をややこしくしろ。どこにでもある物語を、どこにもない物語に変えてしまえばいい。おまえの話は、まずそれからだ。私は猫を飼います。

セックスと金で、この世の99%の問題は
解決すると言っていた人の、孤独を思う。

０４６

天文学的散歩、もしくは恋愛の墓場で手を繋ぐということ

彼氏彼女という肩書きに意味なんてない。恋人であるということに、なんの約束もない。だから、結婚にも意味がない。

葬式は死んだ人間のために行われるように見せかけて、生き残った人間のために行われる。そこにはまだ意味はある。でも結婚式には全然意味がない。結婚に意味がないから、その式に意味がないのも当然だ。

そして、意味がないものを私は愛する。こうして生きているのは、意味がないからだ。理由がないからだ。生きていくのに、理由や意味があってたまるかと思う。

結婚は恋愛の墓場だというのが定説だ。一時期、幽霊というものをこの目で見たくて、何度も青山霊園を散歩したのに出会えなかった。十九歳まで幽霊を見なければ、永久に幽霊を見ることはないらしい。結局幽霊はいなかった。そうこうしている内に

墓場が好きになってしまって、私は結婚した。恋愛の墓場も、見たくなったからだ。結婚をする必要がなかったから、結婚した。

そうだ。結婚してもしなくてもいい時に、結婚した方がいいに決まっている。意味がないことに耐えられない人はどれくらいいるのだろう。付き合うということの意味がわからなくて、もどかしい思いをしていたことはかつてあった。結婚をする意味とはなんなのかという疑問は、それでも終始私たちに付きまとう。

意味はないなんて言ったけど、あえてそこに意味を見出した時、その意味とはこうなるかもしれない、と思うことを書きたい。

結婚する意味は、付き合う意味と比較した時、その本質を露わにするだろう。

付き合うのはふたりでいると楽しいからだ。快楽を最大化するためだ。

結婚するのはどちらかが病める時や貧しい時、その不幸を最小化するためだろう。

付き合うのは相手の内面も外見も愛するからだ。

結婚するのは相手の欠点をも愛して、世間から守り抜くためだ。

付き合うのは待ち合わせをするためだ。
結婚するのは待ち合わせをしないためにするものだろう。
付き合うのはデートする権利を特権的に得るためだ。
結婚するのは相手と無意味で永い散歩に出かけるためだ。
付き合うのは互いを見つめるためだ。
結婚するのはふたりで遠くの方を眺めたいからかもしれない。
付き合うのは多少の見栄の張り合いだ。
結婚するのはその見栄も背伸びも終わった場所で、本音を引き出したいからだ。
付き合うには理屈が必要だ。
しかし夫婦は、あらゆる理屈や論理や好き嫌いを越えた所に聳え立つべきだ。

付き合う相手は、どれだけ幸福を知っているかが決め手になる。
結婚する相手には、どれだけの地獄を知っているかを決め手にした方がいい。

付き合うのは、現在と、ちょっとした先の未来を楽しむためだ。
結婚するのはどちらかがいつか死んでしまった時、生き残った方の身体や感情の半分が死んでも構わないという約束を与えるためだ。

結婚する意味という言葉は、ともすれば暴力的な響きを持つ。意味だなんて言葉を人間関係に使うなんて、おかしい。そこには、意味やメリットなんてなくてもいい。むしろ、意味がないからこそ、メリットがないからこそ、ふたりの関係は、恐ろしい強度を獲得し得るのだ。

永い散歩に出掛けた時、ふと、ずっと一緒に歩いていたいと思えたなら、そういう相手なのかもしれないと思う。そのシンプルさで、人生を決めていいのだと思う。

047

百年後も舞台化不可能な脚本の破片

街灯Ａ「忘れたいのではなく、忘れられないことを、ただ許されたい人がいるだけだ」

蠅Ｂ「出会っても出会わなくても、傷つくでしょう」

蟻Ｃ「別れる寂しさは、出会う絶望より哀しくない」

夜Ｄ「会いたいと言えた頃は、まだ幸せだったのだろう」

鬼Ｅ「人の愛を試すな」

煙草F「季節のせいにしたり、人のせいにしたり」

ガムG「花火に行こう、いつか私たちも終わるから」

失恋主義者H&終電主義者I「月が綺麗ですね」「寂しいって言って」

元恋人J「おまえの好きな人とか、どうでもいいよ」

鍵K「誰にも言えない関係だけが真実。ベッドの上だけが真実」

絶望L「ふたりにしかわからない理由でふたりにしかわからない所でふたりにしか」

夢M「彗星になって、好きな人の好きな人を殺す」

教会N&ホテルO「月が綺麗ですね」「さっさと服を脱げ」

048

月と星とプラネタリウム爆破計画

月が見えたり星が見えたりしたら、写真に撮って誰かに送りたくなる。でも、携帯電話のカメラでは綺麗に撮れない。せっかくの満月も、フィルターを通してしまうと街灯のようにしか見えない。結局、天体をひとりで呆然と眺めるしかない、あの感情のやり場を完璧に失う感覚が私はとても気に入っている。だから携帯電話のカメラは、ずっと星とか月を正確に写せないままでいてほしい。携帯電話は、ほんとうに大切なことを誰にもまったく伝えられない、無能な道具のままであってほしいと思う。

ところで、美しさとは、どこにでもたった一人で行けることだと私は信じている。焼肉屋・カラオケ・海水浴・クラブ・旅行・肝試し・花火大会・遊園地。いずれも、意を決して一人で行ったことがある。しかしなぜか、それでもプラネタリウムにだけは一人で行けない。いざプラネタリウムの受付まで行っても「あっ」と独り言して、思わず引き下がってしまう。どうしてプラネタリウムだけは一人で行けないのか。ここへは誰か大切な人と行くべき場所だ、と思う以上に、ここに一人で入って感じる寂しさや虚しさを、こうして受付に来る前から私はずっと感じ続けていたように思えるからだ。あるいはまた、それを感じ続けていたということは私はまだ本当に寂しい人間ではないのだなと気づいてしまうからだ。天文学的孤独は感じるまでもなく、いま現前にある。だからもう、今、誰かに会いに行かないといけないと悟るのである。

「私が孤独である時、私は最も孤独ではない」とはキケロの寸鉄だ。この台詞は、何度思い出してもゾッとする。裏を返せば、本当に孤独な人物は、自分が孤独であると気づいていない。寂しいとも感じていないのである。でもそれは携帯電話を片手になんとなく誰かと繋がった錯覚のまま眠る現代人にも妥当しないか。

ちゃんと一人きりになれる瞬間というのは、生活の中に幾つあるだろう。

一人の時こそ、ちゃんと一人きりでいたいと思う。

ちゃんと一人きりになれない人間が、どうして誰かと二人で生きていくことができるだろう。

思い出は、思い出さないと思い出にならない。
一度忘れないといけないことになる、
忘れるか忘れないかは、決して選べない。
そしてそれは、贅沢なことだと思うのだ。

049

映画館の帰り道、あるいは恋人の定義

花火が好きというより、花火を見ようと約束をする、あの甘い瞬間を愛している。そうして花火を見終わった人々の夏の葬列に混じる哀愁。打ち上がった爆音のせいで空っぽになった身体を引きずりながら歩く、知らない町の裏道に響かせた下駄の音。

そして、映画が好きというより、映画館に入るあの瞬間を、私は愛している。劇場のあの重くて黒い扉の質感。深赤の絨毯。舞い上がる少しの埃。本当と嘘、現実と架空の狭間。あの短く、長い廊下。

わざわざ映画館に行くのは、あの一瞬の爆発的な興奮のためにあるのではないか。ショートケーキの贅沢と幸福は、最初のフォークの一刺しに、その九割九分を宿していると言ってもいい。

予告編も好きだ。金を払って予告編なんて見たくないという人もいるらしい。この

人は根本的に映画館に行くこと、もしくは享楽を享楽することに向いていない。どのシーンなら見せられて、どのシーンは見せられないか。どうしたら大衆を納得させられるか、あるいは騙せるか。そんな大人の切実な事情が詰まりすぎた予告編は、資本主義の喜劇と悲劇そのものである。笑えて、泣ける。

誰かと映画を鑑賞後、感想を言い合うのも楽しい。受け止め方が違っても似ていても、面白い。互いにすべては分かり合えないということが、互いに分かり合える。つまんないものを見たとしても、つまんなかったねと言い合えたら、それでチャラ。

恋人の定義には、様々な定義がある。

真夜中コンビニに一緒にアイスを買いに行きたいと思えるような人が恋人だとする人もいる。私の場合、一緒に映画館に行きたくなる人が恋人だ。つまりはデートしたくなる人であり、いつか別れる日をできるだけ遠い日に設定したくなる人のことだ。『大辞泉』の定義と同じ。告白してそれが受諾されたから恋人、だと思っていない。分かり合えなくても、愛おしい人は、みな恋人。それは、別に一人でなくてもいい。

そして、映画のようには愛し合えない私たちを、私は、とても愛している。

その失恋は、

映画にも小説にも詩にも呟きにもなりませんように。

神話にも星にもなりませんように。

ただ、私たちの後ろ姿を美しくしますように。

050

世界中に自分たちの恋愛を見てもらいたいと思っているような男や女

恋人の存在を、世界中に見せびらかしたいと望む人種は、一定数いる。インスタグラムでも、フェイスブックでも、ツイッターでもそう。恋人と自分とが写った写真をアイコンにする。ヘッダーにする。どこでなにを一緒にしたかを書く。そこで彼がどうで、私はどう思ったかを書く。いかに愛してるか、ちょっとした散文も書いたりする。いかに不安かも。そして、周りに見せつける。

若い子だけがやっていることでもないらしい。いまとなっては、恋人と自分の仲睦まじい姿をプロのカメラマンが野外で撮影してくれるサービスを提供してくれる会社まであるらしい。

正直言って気色悪い、と思うのは私だけか。

そもそも、それって、ロマンチックなのか。

恋愛って、もっと絶望的で、緊張と悲哀に溢れて、密室的で、孤独で、行方不明で、そうしてエッチで、ロマンチックなものじゃなかったか。

確かに、オープンではない関係の場合、オープンにしてくれない恋人の振る舞いが気になることはある。お相手が自分のお友達にあなたをいつまでも紹介してくれない場合は、かなりの危険信号ではある。まずその男は一生あなたと付き合っていきたいとは思っていないからだ。でもそれはそれ。これはこれ。まったく別の問題だ。

愛し合っている老夫婦が、他人に語る台詞など少ない。

他人に見せびらかしたいと思うものは、大抵自分が持っていないものである。

彼らがノロケ話や見せびらかしを繰り返すのは、「私たちは愛し合っていないのかもしれない」という内在的不安の裏返しだと、私は訝っている。その不安を打ち消すために、腕時計かネックレスか、あるいは指輪と同じように、陳腐で取り替えの利くアクセサリー感覚で恋人の写真を撮り、文章にし、不特定多数に発表し、承認させる。

こんな風潮が、私にはとても軽々しく、だらしなく思える。

そもそも、彼氏という単語自体、軽すぎる。私の美的感覚からして絶対に許せない単語の一つである。

見せびらかすことで、その男はあなたのものだと認めてくれる人もいるだろう。

でも、他人に認めさせなければいけない愛って、なんだ。くだらねえと思う。

自分にしか見せてくれないような姿を、そんなに簡単に色んな人に見せびらかしていいのか。

ふたりは、ふたりきりであればいい。そうして誰も知らない夜に、誰も知らない所で、誰も理解できない台詞でクスクスしたり貶し合って、誰にも言えないことをふたりですればいい。そしてそのままどこかに行方不明になってしまえばよい。もはや誰も追いつけない速度で、孤独な恋人同士になればいい。好き嫌いも超越した、ただの永遠になればいい。と、思うのだが、青春真っ盛りの人間が青春とはなにかを知る由もないように、彼らの耳は互いの声しか聴こえないのかもしれない。

でも一言だけ言っておく。見せびらかすのは、まったく、ロマンチックじゃない。ロマンチックじゃないものなんて、嘘だよ。

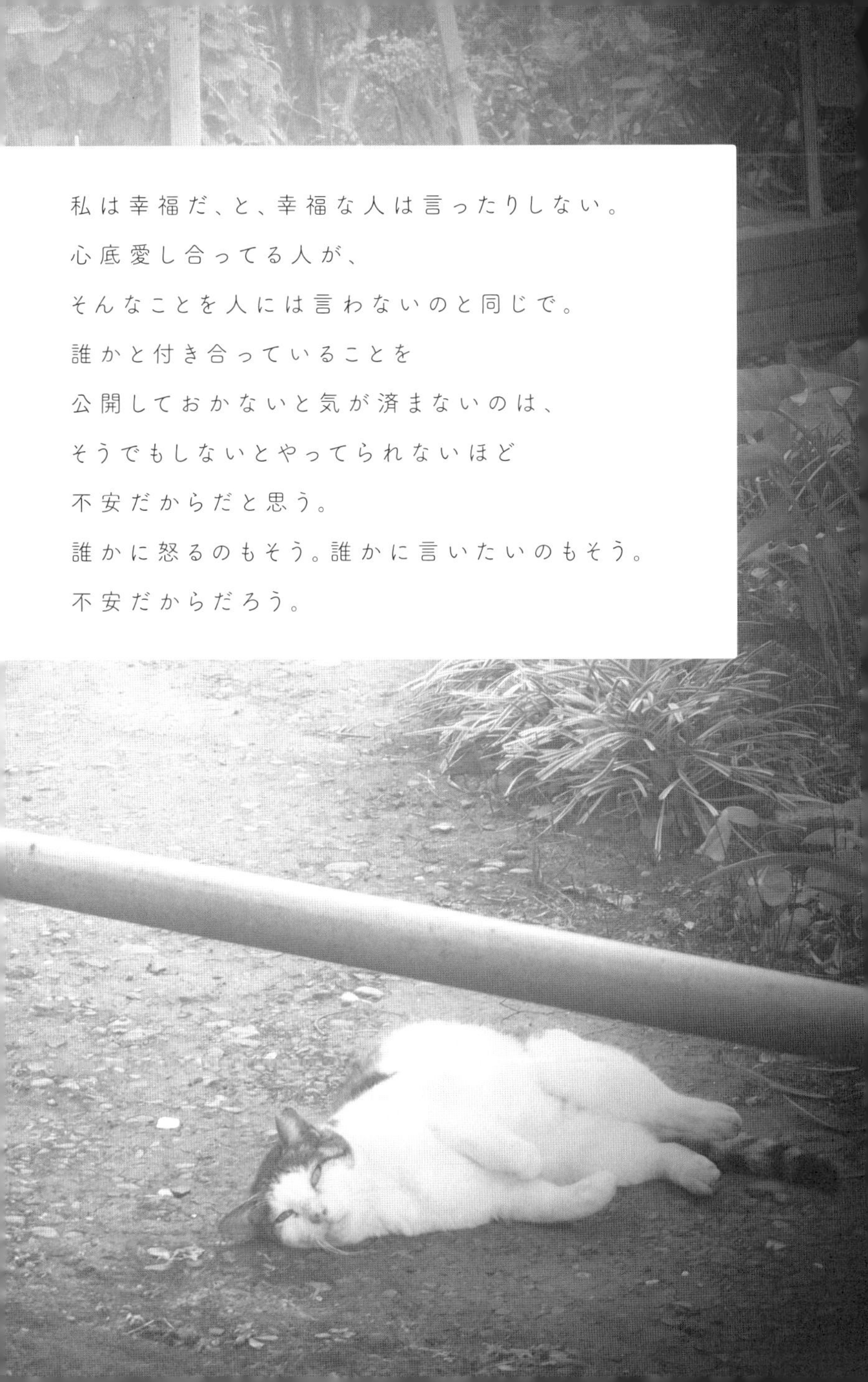

私は幸福だ、と、幸福な人は言ったりしない。
心底愛し合ってる人が、
そんなことを人には言わないのと同じで。
誰かと付き合っていることを
公開しておかないと気が済まないのは、
そうでもしないとやってられないほど
不安だからだと思う。
誰かに怒るのもそう。誰かに言いたいのもそう。
不安だからだろう。

051

私の好きな男

どれだけの量の言葉を交わしてくれるかより、
どれだけの実質的な行動で示してくれるか。

どれだけの回数電話してくれるかより、
どれだけの回数デートしてくれるか。

どれだけ忙殺されていて余裕がない時だとしても、
どれだけ人を待たせたくないと思っているか。

どれだけの贅沢や幸福を知っているかより、
どれだけの地獄や不幸を知っているか。

どれだけいつも見栄を張りたいかと思っているかより、
どれだけいつか見栄を捨てたいと思っているか。

どれだけ良いレストランを知っているかより、
どれだけ長く同じ店に通い続けているか。

どれだけ女にモテるかより、
どれだけ昔の同性の友達を大事にしているか。

どれだけの数の経験人数があるかより、
どれだけ深く一人を愛し続けたのか。

どれだけ仕事を頑張りたいと思っているかより、
どれだけ仕事以外も大事にしたいと思っているか。

052

相手優先が愛、自分優先が依存

女子校出身も男子校出身も、共学出身者と比べ、圧倒的に初期の恋愛偏差値が低い。

悲惨なほど低い。その初恋たるや、最初から最後まで、無知と未経験ゆえの壮絶な痛々しさを伴う。フレグランスの付けすぎ、ワックスの付けすぎ、リップの付けすぎ、鏡の見すぎ、カッコ付けすぎ、セックスに慣れている振りしすぎ、ぶりっ子しすぎ、サバサバ気取りすぎ、嫉妬しすぎ、束縛しすぎ。逆に、それらすべてを、しなさすぎ。

その症例たるや、枚挙にいとまがない。

とにもかくにも、愛を確保するために必死だったのである。

一時期、鳥インフルエンザが大流行してニワトリがたくさん死んだというニュースを見ただけで、なぜかもう明日には世界が終わってしまうような気がして、「あなたには絶対に死んでほしくない」と初恋の相手に泣きながら電話をしたことがある。もちろんドン引きされた。あなたは重い、と。向こうも驚愕しただろうが、私も私で驚愕した。なんでこの気持ちがわからないのかしらと乙女心にそう思ったのである。

頭の中にはまだ、べったりと死んでしまったニワトリの残像があり、かつての愛とともに思い出される。


重い、軽い、というのは、ところで深刻な問題だ。

本人にとってちっとも重くないからだ。ありのままだからだ。重くあるのが、礼儀だとすら思っている。重くならない方が失礼だと思っている。

重いって、ある種の依存だ。相手への依存であり、相手に依存する自分への依存だ。

相手を優先するのが愛ならば、自分を優先するのが依存だろう。

重いと言われるような状態は、相手ではなく自分の快楽が最優先されているのだ。心配する快楽・嫉妬する快楽・相手の言動で勝手に傷つく快楽が優先されているのだ。そんなものは、相手にとってはありがたくもなんともない、有害に決まっている。

そもそも付き合うのは、楽しむためである。楽しむ以外になにも義務はない。相手と自分の快楽を最大化する。必要な時は、相手の快楽を最優先する。それ以外すべきことなどなにもないのである。

きっと軽いくらいが、ちょうどいい。

女も、男も、女同士、男同士も。

本当にこいつは、こちらのことを好きなのかどうか、確かめられないくらいが、ちょうどいい。

黒か白か、どちらか確かめられないものを、人は追いかけ続けるしかない。

どうせ重くなる時は重くなる。でもそれは、たまにでいい。そして、間違って重くなってしまった相手を、笑いながら愛せたら、それが一番望ましい。

会いに来させたいのは恋、会いに行くのは愛。

053

遠距離恋愛は存在しない

遠距離とは、どれくらいの距離なのだろう。

隣駅なら近距離だ。終電を逃さないと会えないほど離れた距離は、遠距離かもしれない。県境や国境を越えたなら遠距離だろうか。毎日顔を合わせるのに、一度も話す機会がなければ、遠距離とは言えないか。いつか別れる強い確信を互いが持ちながら、終わりが来るまではふたりでいるという関係も遠距離にはならないか。もしくは、もう片方がすでに死んでいたらそれもまた遠距離になるだろうか。

ところで、飛行機が苦手だ。

完全な飛行機恐怖症である。あの鉄の塊が軽やかに飛ぶ原理を未だに理解できない。

旅をする時は、だから陸路か海路しか使わないと決めている。東京から沖縄に行くにも、まずは新幹線で神戸、神戸港から門司港までをフェリー。鹿児島まではバス。そうして二度目の船で沖縄へ行く。その旅行は丸々五日間掛かった。そして翌日には東京に戻らないといけなくなり、否応無く飛行機を使ったのである。人生で初めての航空だった。沖縄の空港でシクシク泣く人を見たことがあるなら、それは私である。

そして、驚いた。

百時間以上掛けて辿った旅路を、飛行機は、たったの三時間で遡ったからである。沖縄から東京まであらゆる街がある。生活と歴史がある。慕情がある。悲哀がある。その上を三時間で通過していいはずがない。羽田空港のターミナルのベンチで、またしても真顔で呆然とした。現代人にはこれが当たり前なのか。

とにもかくにも、しかし、これだけはきっと正しい。

遠距離だなんてものは、存在しないのだ。

だから遠距離恋愛も、当然に存在しない。距離だなんてものは言い訳にならない。物理的に離れていることには、このご時世、もはやなにも意味がない。

本当に会いたい人なら一時間でも会う。そうでないなら、一秒でも会いたくない。忙しいのを理由に会えないと言われたら、たぶん好かれていない。忙しくても、好きな人にはどんな都合をつけてでも人は会う。仕事が、それ以上に重要なことなんて、まずない。一度断られたとして、次に会う機会を調整されることもないなら、それは決定的に好かれていないということなのだ。

遠距離恋愛が続く秘訣って、なんだろう。色んな事情で尚、会えない二人はいる。会いたいと思うのに会えない時、それでも自分にできることは、相手の不在をどれだけ存在として愛せるかではないだろうか。相手の不在でこんなに寂しいことですら、それを相手からの贈り物だと真っ直ぐ受け止められるか。そんな悲哀の底で、たった一人で幸福に暮らす贅沢を、どれだけ自身で見つけられるか。それができたなら距離なんてもう怖くない。そもそも、どうせ離れていく人は、いつか離れていってしまう人だったのだ。

遠距離恋愛を終わらせる計画を二人で話したことは、いつか眩しい思い出になる。

054

携帯盗み見たら彼氏が実は他の女と連絡取っていて浮気してました系

知らなければ幸せだったのに、知らないまま暮らしていた方が果たして幸せだったのかと言えば、まったくそう思えないことというものがある。その最たる例が「携帯盗み見たら彼氏が実は他の女と連絡取っていて浮気してました」系エピソードである。

携帯を盗み見たら、その女とこの男の距離は、明らかに良い感じである。でも携帯を見た、浮気してんだろ、洗いざらい白状しろ、とは言えない。このまま見逃すわけにもいかない。もうどうしたらいいか分からない。だなんてことは今この瞬間も日本のどこかで現在進行形で勃発しているのではないか。

浮気願望が強い人ほど嫉妬するし束縛する。自分がするかもしれぬから相手もするに違いないという発想になるのだ。が、このように「ダウト大成功」の場合もある。

女の勘は鋭い。が、女の勘が自分に対して鋭くなっていることに気づかないほど、男が鈍いと思ったら大間違いである。女の勘がドドドドと蠢動する時、その地響きに男は気づいていることに、女は気づいていない。

疑われて快く思う人間なんていないし、疲れない人間なんていない。そうして、男は別の人間と連絡を取り出す。またもや決定的な疑いを差し向けられた男には、もう逃げ場はない。今度こそ、身体だけでなく心も浮気するということになる。

つまり、携帯を盗み見たから彼女は浮気を発見したのではない。

携帯を盗み見なければいけない恋が、浮気の発生を不可避なものとしていた。

じゃあ、浮気しない男はどこにいるんだという話になる。

たしかに浮気をしようと考えすらしない男は千人に一人くらいいる。同じ筆箱や靴を十年以上使い続けていたり、最新家電や最新アプリにまったく興味がない、そもそも、いつかは携帯電話すら捨てたいと思っている、仏陀のように俗世を捨てた男である。極度の面倒くさがりとでも言うべきか。そんな厄介な性質を魅力的に感じることは、大半の女にとって難を極めるはずである。

だから浮気は、いつどのようにされてもおかしくない、という結論を導きたい。

私は、いつでも浮気される準備をしている。たとえ恋人でも、一緒にいる時以外、どこで誰とどんなことをしているかなんて分からない。そんなことは知ったことではない。しかし決めていることが、一つだけある。

それでも疑わないということだ。なにを疑わないか。恋人が浮気をしていないこと、ではない。恋人が私を愛していること、でもない。私が恋人を愛しているということだけは、絶対に疑わないようにしている。逆に、これについて疑いが生じたならば、もう別れるしかないと思っている。

浮気されたら少しは泣く。傷つくと思う。でも、それでもいい。

ちゃんと最後は自分のところに帰ってくるなら、どっかを一晩二晩フラついてても構わない。もう帰ってこないなら、最初からきっと自分のものではなかった。それが浮気に対する私の考え方だ。

元恋人と別れてもちゃんと時間置いて再会して
友達に戻れるのって、羨ましい。
あの時お互い愚かだったよねとか言い合えるのも羨ましい。
そんな大人にはなれそうにもなくて。
再会する正しさも再会しない正しさもあると信じたい。

055

恋人と永続きする方法

すべてを知ろうとして前のめりにならないこと。
まだ知らない相手の側面を見つけて、喜ぶこと。

かわいい見栄以外は張ったりしないこと。
たまには二人で少し無駄遣いすること。

喧嘩をしたらチョコかハーゲンダッツをあげること。
喧嘩をした日はそれをあげると決めてると話すこと。

言わなくても伝わると思わないこと。
なに一つとして、期待しないこと。

好きな理由も嫌いになる理由もないままであること。
理由のなさや、関係の名前のなさに、耐え続けること。

好き嫌いで世界を見渡すのは、もうやめること。
好き嫌いを超えた位置に相手を置き続けること。

いつかくだらない理由で別れると毎夜思うこと。
だからこそなにがしたいのか、考え続けること。

なにもしないことすら大切にすること。
それができる相手に会えたと思うこと。

愚痴もストレスも金欠も、なにもかも、
それでもジョークで交わし続けること。

愛し続ける必要などないと思うこと。
ふとした愛おしさだけを信じること。

両思いなんて存在しないと知ること。
片思いが二つあるだけだと知ること。

どちらかが違う人にたまには目移りしてもいい、
それでも帰りたいと思わせる自分であること。

二人でいないと楽しめない人にならないこと。
一人でいても、幸福な方法を知っていること。

いつか死んでしまうことに、何度も絶望すること。
死んだ後にも残るものをひたすら与え続けること。

そしてこれらすべてを、義務ではないと知っていること。
幸福を最大化し不幸を最小化し、散歩もたまにすること。

056

いつか別れる、でもそれは今日ではない

同性愛者についてどう思うか、と新宿二丁目でレズビアンに訊かれたことがある。ゲイにも訊かれたことがある。彼らは恐る恐る、そのことを訊ねてきたわけではない。私を試すように堂々と訊ねてきたのだ。素直に私は、その質問をくだらないと思った。本人にも、そう返した。

血液型がA型の人をどう思うか、という話に近い。左利きの人についてどう思うか、という話に近い。空は青い。薔薇は赤い。そして同性愛者はいる。当然にいる。当然に存在するものについて語るべきことなんて、まったくないのだ。

そもそも他人にどう思われるのかなんて気にしていたら、キリがない。そんなものを相手にするほど、他人は他人の、つまりあなたの人生に興味がない。

たった一人の異性を永久に愛するストーリーをそれでも世間は好むだろう。

それについて思うことを述べたい。

好きな人が二人以上いることについてどう思うかと、恐る恐る訊ねる人は今もいる。どちらか選びたいのに、選べないというのだ。

ここに重大な勘違いがある。どちらか選ばなければならないと思っているのは本人ではなく世間だ。好きな人は二人以上いたらだめだと、誰が決めたのだろう。別の人を別の色彩と強度で同時に愛して、なにが悪いのだろう。自由恋愛やＬＧＢＴという言葉以上に、ポリアモリーという言葉が広まるべきだと私は思っている。

浮気とか不倫とか、そういう言葉が事態を病的にシンプルにさせようとしている。そういう意味で、世間は、ほとんどすべての局面において、いつでも敵だ。

あるいは。

ずっと好きでいるには、どうすればいいかと悩む人もいる。これが、最も普遍的な悩みかもしれない。なにかをしなければならないだなんて義務は、そもそも私たちに一つもないのに。

いつかは別れる、でもそれは今日ではない。

それだけでいいじゃないか。

来月二人で札幌にラーメンを食べに行く旅行の計画を立てていたとしても、明日どちらかがどうしようもない交通事故で即死するかもしれない。でも、それはきっと今日ではないだろう。ちょっと風が強く吹いた、とか、左耳がいきなりキーンとしたとか、そんな意味不明な理由で、どちらかの愛が冷めたり冷められたりするかもしれない。でも、たぶんそれは、今日ではない。

ずっと、なんてない。だから今が楽しく、切なく、永遠なのだ。

まるで宝石のように自分の悩みを抱えて、それを撫で回し続ける人がいる。でも、大抵の悩みは街角で配られたティッシュと同じ。世間から適当に押し付けられたがらくたのようなものだ。誰かがすでに悩み抜いたような問題で自分が悩むのは、間抜けも同然である。そんながらくたのようなことのためにわざわざ悩む必要なんてない。まったく悩まないことはできないにしても、悩み過ぎないことはいくらでもできるのだ。

家に帰るまでが遠足なら、

欠点を愛せるまでが愛情、

再度依頼をもらえるまでが仕事、

忘れてたことも忘れるまでが思い出、

その人の香りをもう愛せなくなると潮時で、

傷つくことも傷つけることもできなくなるまでが失恋。

057

失恋を克服する最高の方法は、克服しないこと

失恋が哀しいのは、別れるという行為自体、五秒と掛からなくても、別れたという状態は五秒で終わりそうもないからだ。下手すれば五年も引きずり得る。そしてもう互いが生きているかどうかも分からないということ。

別れは続く。失恋に終点は存在しない。

相手の幸せを願えたら初めて失恋の終わりだという人もいる。

でも私たちはキリストでも仏陀でもない。他人の幸せなんて祈ってたまるか。

元恋人にはちょっと不幸でいて欲しいという人しか、私は信用できない。

失恋したらどうするか。どうすべきなのか。私の話をする。

前向きになれよと居酒屋で慰めてくれる知った顔した友人の顔には、ハイボールを

ぶちまけたくなったのを覚えている。そんな時は、こちとらどちらが前か後ろかも分からない。

もう絶対に綺麗さっぱり忘れてやろうと決めて、ＴＳＵＴＡＹＡで『エターナル・サンシャイン』を借りた。ケイト・ウィンスレットの髪の青は、元恋人の使っていた携帯電話と同じ色だった。『ブルーバレンタイン』を借りた。そういえば元恋人とはセックスがまったく上手くいかなかった。『ロスト・イン・トランスレーション』で思い出す。なにを見ても、その人のことを思い出す。この世はそうできていたし私もそういう仕様だった。なにを読んでも、なにを聴いても、どこを歩いても、同じことだったのだ。

だから忘れようとするのも、前向きになろうとするのも、綺麗さっぱり諦めた。

世界史のどうしようもない年号も古文のどうでもいい単語の意味も忘れられない私たちである。特に昭和後期から平成元年生まれまでは、一度覚えた携帯電話番号を一つか二つ、いまだに忘れられない人もいるのではないか。

それらすべて、もう忘れなくてもいいのだ。忘れたら、失礼だ。その時、持ち得るすべての感情を相手にぶつけて生きていた自分に、失礼なのだ。

せっかく付けてくれた傷と、一緒に生きていく。前向きになる必要なんてないのだ。落ち込むまで落ち込む。どこまでも傷つく。そうしたら、いつか落ち込んだ自分にも飽きる。そうしてまたふらりと外に出かける。交通事故のように誰かと出会うだろう。気付いたらまた、間違って誰かに騙されてもいいか、と思える日が来るだろう。

なにかを忘れる方法なんて、笑止千万。まったくもって、ナンセンス。

失恋を忘れる方法なんてない。ちょっとばかり薄める方法はあるだろう。でも最後は、受け入れるしかない。克服しないことで、克服するのだ。ハードルは跳び越えるものではなく、ハードルの下を潜り抜けるか、そもそも蹴り倒せばよい。

こうして憎むほど愛せたことに、感謝しつつ、そして元恋人が今はちょっと不幸でいることを、正々堂々と今日も私は祈る者である。

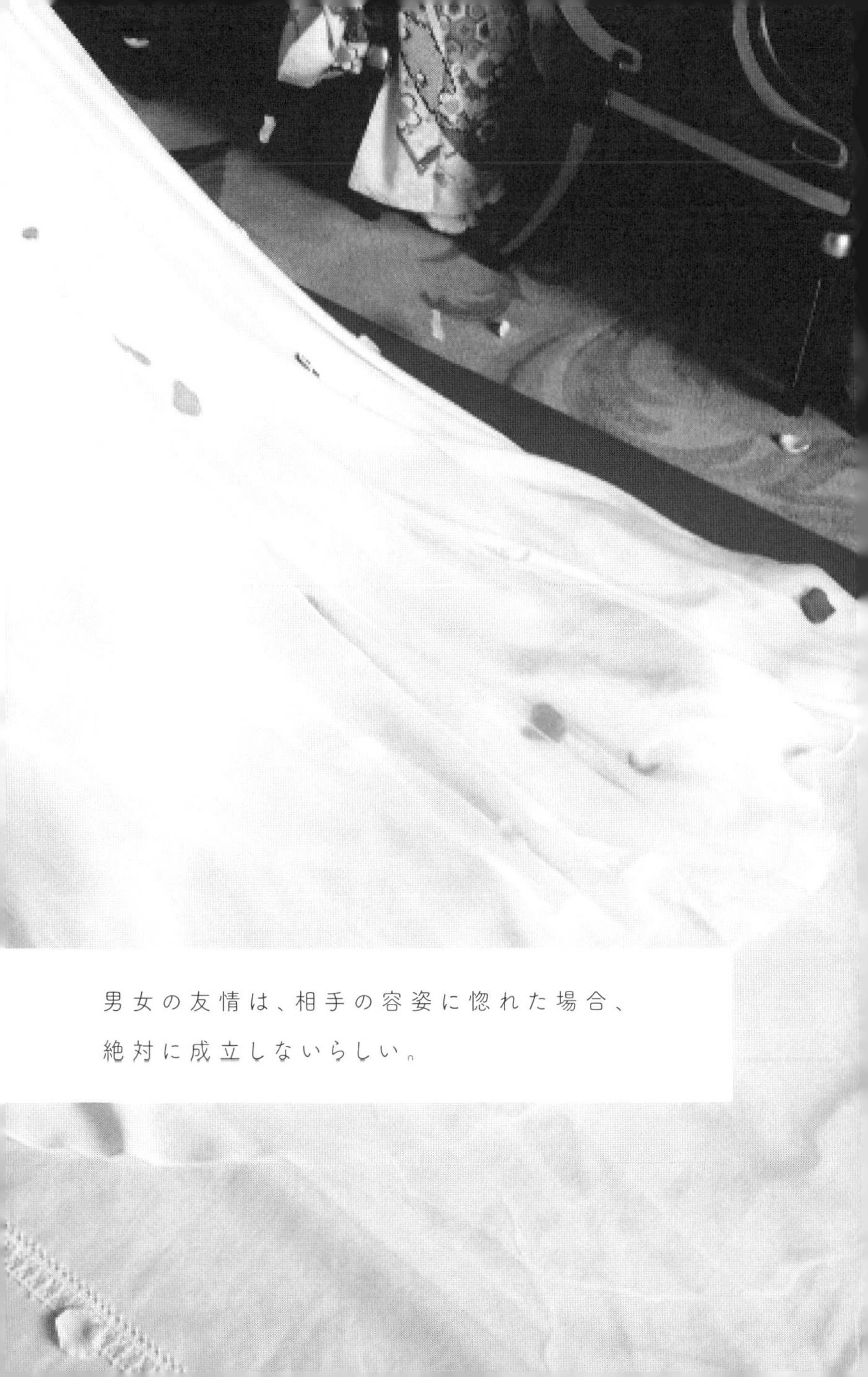

男女の友情は、相手の容姿に惚れた場合、
絶対に成立しないらしい。

058

セフレの品格

セックスというパンドラの箱を開けて、ありとあらゆる災いが世界に解き放たれた。夫のちんぽが入らないという問題から、もう妻では勃たないという問題。あるいは、浮気・不倫といったミクロな個人的問題から、売春・風俗・痴漢・性犯罪・アダルトビデオ・堕胎・性病・少子化もしくは人口過多というワールドワイドな問題まで。

それでもパンドラの箱の隅に、たった一つ孤独に残り続けた問題。

それがセックス・フレンドである。

もっと分かりやすいたとえ話をしよう。

イエス・キリストとその弟子が歌舞伎町を歩いていた。すると、TOHOシネマズ新宿前に一人の女が首から下を生き埋めにされ、民衆は、その女の顔に向かって石を投げていた。「なぜこんなことをしているのか」と弟子の一人が問うと、「この女にはセックス・フレンドがいたのだ」と民衆の一人が答えた。イエスは「仕方ない。続けなさい」と嘆息した後、こう続けた。「ただしセックスさえできればもうなんでもいいと思ったことが一度もない、潔白な者だけ、この女に石を投げなさい」と。

するとは戸惑い、やがて一人、また一人と立ち去り、そうしてイエスも歌舞伎町のラブホテル街へと消えた。女は生き埋めになったまま、人知れず死んだ。その女の名前は、誰も知らない。


前置きが長くなった。

セフレを常時五人以上抱えている、まさに女の敵の代表格ともいえるような男友達に「セフレってなんですか」と訊くと、「男女の友情の最終到達地点」と即答されたことがある。「じゃあセフレが恋人に昇格したりすることもあったりするんですか」と全国のセフレになったことのある女を代表して私は訊ねた。「彗星が俺の頭に直撃する確率より低い」とか「肘を顎にくっつけられる可能性より低い」とか、そういう回答が返ってくるかと思ったが、なんと彼は「あるよ」と答えたのである。

「ある。でもまあ、向こうとこっちの気分次第だけどね」

あぁ、と思った。気分に勝てるものなどこの世に存在しない。

ところで「セックスをしたらもう恋人にしてもらえなくなって当たり前だ」という考えから、「男はみんなセックスだけがしたいものである」と結論付けるセフレ定番の思考回路があるが、これはもう被害者特有の都合の良さと現実逃避に溢れている。後者の考えは真理だが、前者は違うのだ。

被害者として振る舞うのは、とても楽である。

事実はこうだ。身体だけではない本当の魅力が本人にあったなら、なんとしてでも必要とされたに決まっている。そうでないからセフレとして、始まることもなければ、終わることもない関係に陥った。男のせいにしたいなら、そうしておけばいい。

愛されているという確信ほど、人を残酷にさせるものはない。

夜中に呼ばれたらすぐに行くとか、欲しがられたものはすぐ出す。嫌われたくない一心で、恋人になりたい一心で、時間も精神も捧げる。そこに大きな間違いがある。与えたなら、あとはもう、奪うしかない。奪うためには、愛してはいけないのだ。愛していない振りで、愛は得られる。

059

それでも別れた方がいい男が存在すると思っているような女へ

「別れた方がいい男」とよく槍玉に挙げられるバンドマン・バーテンダー・美容師を、まとめて3Bと言うのは有名だ。それぞれ、夢追い人だからやめとけ説、モテるからやめとけ説、薄給多忙だからデートもできないとする説、多々ある。3Bに加え賭け事が大好きな博打師も含めれば4B。暴力傾向のある武闘派も合わせると5B。風俗やキャバクラのボーイを足したら6Bである。

さて一番危ないのは6Bの内のどのBでしょう、だなんて議論がしたい訳ではない。

一方「別れた方がいい女」というものは聞いたことがない。「別れた方がいい男」というものはこんなにも定説化しているのに、である。強いて言えば精神的に不安定なメンヘラだけはダメだよね、と思いきや、そもそもメンヘラは女にも男にもいるし、別に片方が安定していたら片方が不安定でもなんとかやっていける。

「別れた方がいい男」はいて、「別れた方がいい女」はいないのは、なぜか。

別れた女の愚痴を言う男は、女にはもちろん、男にもめちゃ嫌われるからである、だからそもそも存在が公的に認知されていないのである。愚痴を言っても、誰もそれを立派な理由として認めてはくれない。そもそも、別れた相手の愚痴を言う人間ほどつまらないものはない。おまえが選んだんだろという誹りを免れ得ないからだ。


「別れた方がいい男」がこんなに共通見解を得て市民権すら得ようとしているのは、単純に、そんな「男」を好きになった女が、「別れた後に元彼の愚痴を平気で言う女」「男のせいにする女」だったからだ。そんな「女」たちがこの「別れた方がいい男」に殺到しただけなのである。こんなにネガティヴで、職業差別にも近い情報を最初に発信した女を、発信源として信頼するなんて私には到底不可能である。

そして「別れた方がいい男」というものを何かから見聞きして、それを真に受けて、本気でどうしようかしらと小首を傾げているような女に言いたい。

おまえはもうこれから誰とも一切付き合うな。相手の男に失礼だ。他人の価値観や他人の噂で恋愛するような女に付き合わされて、男が途方もなく可哀想だ。

　行儀の良い恋愛論を読んだり聞いたりして、行儀の良い恋愛がしたいと思うなら、もうそんなことはとっくにどこかの誰かがやり尽くしている。別におまえがやる必要なんて一ミリもない。第一、そんなことをしたら、わざわざ自分が生きる意味がない。間違っていたとしてもそれを堂々と選び続けられるのが、愛だ。それができないなら、もうやめちまえ。延々と別れた男の愚痴でも言ってろ。

　もしそれでも次に行くなら、その時は、ちゃんとたった一人で恋愛しろ。

　もしかしたらこのままその相手と関係を続けると自分が多かれ少なかれ死ぬかもしれないと思ったら、そのちょっと前くらいにやめてもいい。誰に何と言われようが、自分が正しいと思ったことや人は、死んでも守るべきだ。他人に振り回されるな。

　たった一人で恋愛しろ。そして、たった一人で失恋しろ。

060

数千万円の金、自由、もしくは猫を飼うということ

愛は、お金にならない。でも、お金は愛になる。

大事な人がシャレにならないほど困った時、本当の意味でその人に手を差し伸べてあげる方法は、その問題解決の道のプロを紹介してやるか、その話をひたすら聴いて頷いてやるか、もしくはまとまったお金を渡してあげるか。この三通りしかない。

そして、どれも簡単なことではない。

特に最後の選択は、相手と自分の長い付き合いが木端微塵になる覚悟を迫られる。相手もその覚悟で頼み、自分もその覚悟で答えを言わなければいけない。最初からそんなことにならない関係が一番望ましい。でも現実は違う。病める時も貧しい時も愛を誓うか、と神父が古来人間に誓わせたように、そのまた昔から、最悪の事態は想定され続け、そして発生し続けたのだ。

どんな綺麗事も言葉も、もはや、お金の前では勝てない。

自由に遊ぶお金がないということは、いまは遊ぶより稼いだ方がいいということだ。シンプルである。しかしもっと厳密に言えば、いつまでも貯金が百万円前後かそれ以下ということは、病気を患ったり事故に遭った瞬間、生活基盤は、再起不能な状態まで吹っ飛ぶということであり、その経済的恐怖からいつまでも脱出することができないということである。働いているから自立しているのではない。

どうなっても当座は生き残れる金があって、初めて自立したと言えるのだ。

年収は流動的なもの。そこからいくら地道に貯金できるかは固定的なもの。そして、後者の総額を増やすのは、自分にも相手にも、当然求めてしかるべき危機回避能力だ。

いつでもとんかつを食べられるのが健康的・時間的・精神的余裕の証であるなら、いつでも百万円はなんとかできるのも、愛の証だと思う。そして百万円が痛くないのは、数千万円の貯蓄があって初めて到達できる現実的余裕だ。

恋人と真剣に向き合うとは、どういうことか。こういう話を対面でできるかどうかだ。争わずに、必死にならずに、対話できるかどうかだ。死ぬまで私たちを追い掛けることの問題に対して、冷静に話し合いを重ねられるかどうかだ。

たとえば「いつか猫が飼える、広い家に住みたい」という他愛もない目標が一組の男女にあったとする。

これを因数分解すると、猫グッズを買う以前の二人のタスクは次の通りだ。まずは二部屋か三部屋ある家を見つける。そのためには引越し資金がいる。猫が病気になった時のための資金も。そのためには貯金の必要がある。そのためには月々の収支管理がいる。そのためにはあなたはこれを、私はこれをする必要があるねと話し合う。

そして、決めたことを厳に守る。

これが本当に恋人と向き合うということだ。喧嘩をすることでも、セックスをすることでもない。相手の長所短所を踏まえて、あくまで現実と戦い続ける関係を、私は本当の恋人同士だと呼びたいのである。

愛してる、と言うな。
愛してない、と言え。

061

嫌いなものが一致すると長続きする理由

最も好きな悪役が登場する、最も好きな映画のシーンはなにか、という極めて重要な話をしていた時である。私は『レオン』のゲイリー・オールドマンが、ナタリー・ポートマンのアパートを襲撃する前に、その廊下でフリスクっぽい錠剤を噛み砕き、フルフル震えながら天井を睨み上げるシーンが一番好きだと答えた。すると、彼女も「私も全く同じだ」と答えてくれた。

もう結婚するしかないかなと思ったが、その彼女とはいまや他人の関係だ。

別の日の出来事。最も好きな短編小説はなんですかと訊かれて、私は、江國香織の『泳ぐのに、安全でも適切でもありません』の中の『りんご追分』と答えると、彼女はいきなり鞄を取り出したと思えば、まさにその文庫本を私に見せ、「まったく同じです」と教えてくれたことがある。

奇跡は、あまりに陳腐で平凡な会話から、奇跡的な確率で表出する。

結婚は無理でも一夜くらいはご一緒できるのかしらと思ったが、今となっては彼女も他人である。


好きなものが一致するに越したことはない。かつての孤独も意味不明な人生も全部救われた、という気にすらなる。でも、それだけでは特に何も起こらない。不思議なものである。好きなものが一致して、その喜びだけでどこにでも行けるのが人間なら、部活やサークルや会社など、その中にいる人間同士でもっと「そういうこと」になりまくっているはずだ。しかし、そうはならない。全然、なりそうもない。

となると、嫌いなものが一致する以上に、強い結束や連帯を生むことはないのではないかと思えるのである。たしかに、やりたいことが一致するに越したことはない。しかし、やりたくないことが一致する以上に、大事なことはないとも思えるのである。

美学の問題だ。

嫌いなものではなく、好きなもので自分を語れとよく言われる。誰が見てもその方が美しい。そんな綺麗事は何度でも言われなければいけない。

でも、それでも、好きなものが一致した同士で繋がった関係では、まだ弱いのだ。なぜなら、やると決めていることより、やらないと決めていることの方が人は多い。言っていることより、言わないと決めていることの方が、圧倒的に多い。そしてその美学は、互いの目に見える形で浮かび上がることなく、感受するしかないからだ。

価値観が同じ人か違う人、どちらがいいか、という古典的な二択がある。

私が一等好きなのは、やらないことや言わないことは互いに完全に一致しているのに、やることも言うことも決して自分とは似ても似つかない人だ。価値観は一部同じ、そして一部全然違う。そのことに互いに敬意を持ちあえる人である。

互いに未知な存在のまま、やっぱりあなたは変わっていて面白いと思える。そうしていつまでも大事に気遣える存在。

長く付き合うには、得体の知れない者同士でいることと、それでも尚、気遣いをやめない者同士でいること、そして相手の悲惨も笑いに変えられるユーモアセンスなどに加えて、このような根本的な敬意が絶対必要条件だと思う。

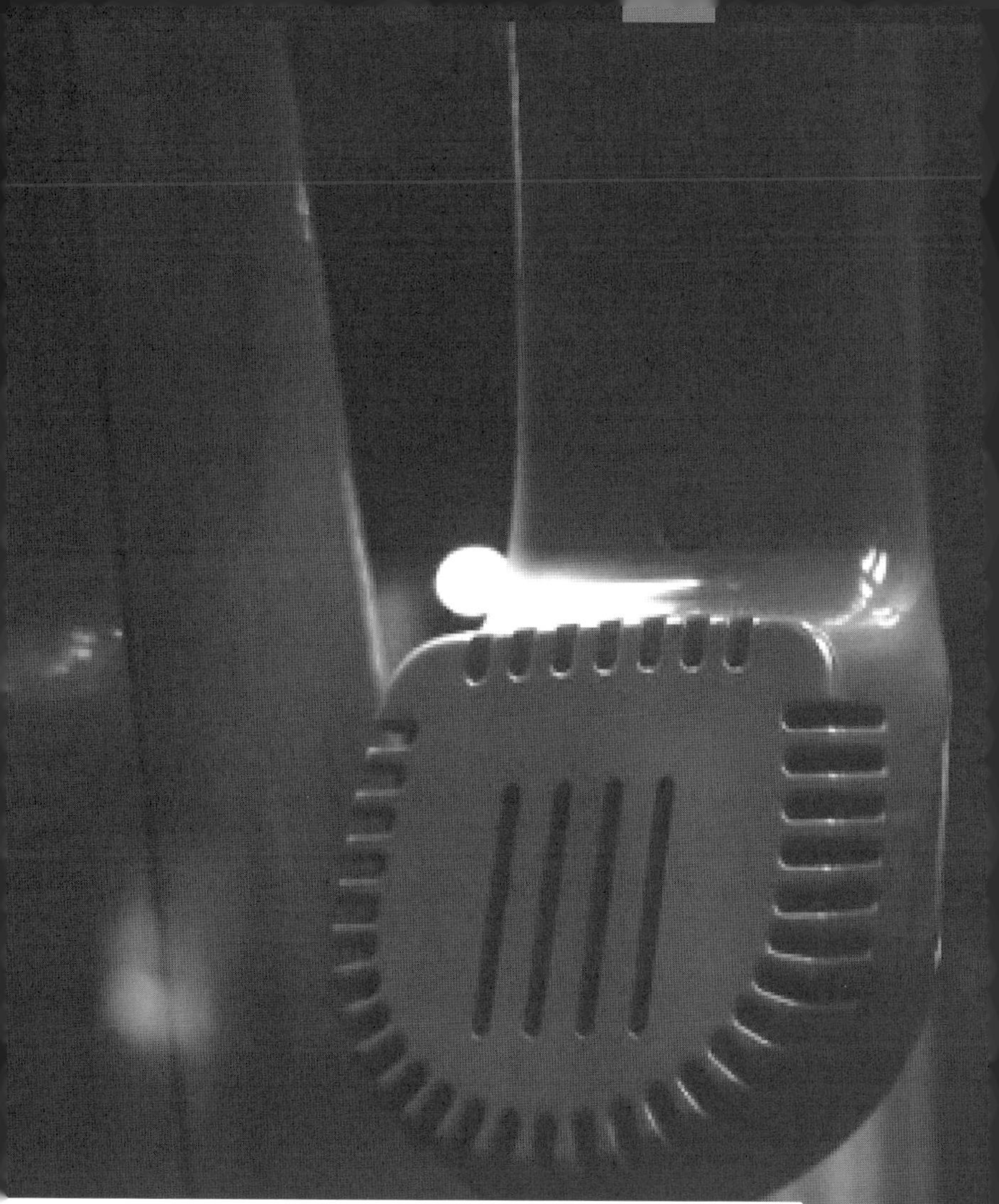

両思いなんて、存在しない。
ふたりともが片思いしているだけだ。
限界まで相手を疑ったり信じようとしたりを、
繰り返しているだけだ。

062

結婚前の母と父

結婚しようと思う人がいるんだけど、と母に告げると、彼女の第一声が「どんな人なの?」でも「出会いはどこ?」「いつ結婚するの?」でもなく、「精神は安定している子なん?」だった。母は、「精神は安定している子」を夫に選んだのである。

後日、私の恋人を私の父に紹介した。

すると父は開口一番「過去のことは色々あっただろう。だから僕は、君に昔のことは訊かない」と断ってから、恋人との会話を始めた。

初対面の相手に一切の過去を訊かない人間が私は好きである。学歴も職歴も年齢も訊かずに、人を判断するのは相当難しく、正しい。目の前の人を正しく受け入れようと知性・理性・感性を総動員しようとする父を、私は素直に素敵だと思った。しかし、ビール一杯で酔っ払うと、面白くない笑い話を連発するいつものダメな感じの親父へと戻り、二杯目のビールで「ほな寝るわ」と彼は寝室に向かっていった。

話を戻す。

精神なんてものはそもそも安定しない。安定している人がいたとして安定しているように見せるのが上手いだけ、ということが多い。それでも仕事や帰り道、理不尽な目に合えば、精神なんて簡単にグラつく。誰かに八つ当たりもしたくなる。それでもそんな風に甘えたくなる人は、一番そんな時にそんな甘え方をしてはいけない人だ。一番近い人こそ、一番気を遣うべき相手である。距離の近さも関係の長さも、そんなことをしていい理由にならない。

相手が誰であれ、付き合いのある人との初対面のことを忘れたくないと思う。

そうなるとは思っていなかったこと。あるいは思った通りだったこと。互いに逃げ出したり放り出してもいい理由は山ほどあった。でもそれを拒み続けて、今こうして続いていることを。長続きさせるために付き合っているわけではない。

別れる、という言葉から、いつの日か別れられるだろうか。死別ですらなんの意味ももたらさない、そんな人付き合いが、いつかできたらいいなと思っている。

063

百円の指輪

百円の指輪を、恋人は捨てない。

なんとなく立ち寄った新宿の東急ハンズのハンドメイド用品のコーナーで、金属を削る工具や牛革の生地素材を、恋人と見るともなく見ていた時、その指輪があった。いや、厳密には指輪じゃない。キーホルダーをくっつけたりする、あの陳腐な金色の丸環だった。この輪っかの上に宝石かなにかをうまいことのせたりしたら、このただの鉄も、ちゃんと指輪になりそうだった。そうだ。私は、指輪を探していたのだ。

仕事を辞めた私に、お金なんてなかった。

転職活動もことごとく上手くいかない。少しずつなくなっていく預金。結婚しようと考えていた。でもそれ以前に、来月どうやって生きているのかも見えない。不安で眠れなかった。

人間がふたりでいればなんとかやっていけるのは、ふたりともが自立している場合に限られる。立派な結婚指輪を買う見通しも、そしてそれを考える余裕もなかった。そうだ。私は、指輪を探していたことを思い出したのだった。

値札のシールを見ると、百円と書いてあった。

「これ、指輪にしませんか」と訊く私に、恋人は「それもいいね」と笑った。

そうして薄っぺらの財布から硬貨を出して、その丸環を二つ買った。

その鉄の、偽物の指環を。

金属アレルギーの症状が出ても、私はその指輪を薬指に付け続けた。恋人も付け続けた。

旧友に会えば、その指輪のことを訊かれた。遠くから見れば、誰もが普通の指輪だと勘違いするのも無理はないほど、それは指輪として馴染んでいた。「でも、これは百円のものなんだ」となぜか言わないといけない気がした。しかし馬鹿げたことに、プライドが邪魔して言えない。今度こそ誰かに訊かれたら、堂々とそう告白しようと思い、別の友達に会った時「ところでこれは百円の指輪なんだ」と自分から切り出した。切り出して、思わず頬が引き攣った。どう考えても、変な切り出し方だった。

変な間があって「なんかほら、子供みたいでウケるでしょ」と付け加えた。もう、すべてが遅かった。

「百円の指輪かー。素敵じゃん」と友人はその丸環を褒めてくれた。その期待通りの反応に、しかし私は心の底から腹が立った。無言で微笑みながら、怒り狂っていた。おまえになにが分かるんだと叫びたかった。

本当は、惨めでしょうがなかった。

こんなものしか恋人にあげられないということ。それでも他人には見栄を張りたい一心で、どうすれば体裁を取り繕えるかばかり気にする姑息な自分に何より苛立った。やりたいことはやれない。一銭も稼げない。そんな地獄のような日々をなんとか感動話かお涙頂戴劇にでもしようとする自分が、余りに安易で陳腐でくだらなく、まさに百円の指輪かそれ以下のように価値がない私は私を許せなかったし、なによりこんなに私を卑屈にさせる世界のことも許せなかった。日に日に薬指をボロボロに侵食し、接触部分を青紫色に変色させていく、この鉄の塊。

普通の幸福から、もうどんどん遠のいていく。その間ですら、どんどん老いていく。それでも恋人は、百円の指輪を付け続けた。食事の時も、シャワーの時も、寝る時も。

色々あって、それから私は新しい仕事を始めた。

なにがあっても無駄遣いはしないと決めている。そもそも、もう自分のために欲しいものなんて一つもない。それでも、ただ暮らしていくだけでお金は遣うものだ。いきなりは貯まらない。結婚指輪はきっと何十万円か何百万円もする。

結局、その百円の指輪はある日、どこかで手を洗っていた時に、排水溝に間違えて流してしまった。たぶん今頃、東京湾のどこかに沈んでいると思う。

いつかすべてに余裕ができたら、猫を飼おうと思っている。指輪ではなく。

恋人も猫が好きだからだ。そしてなにより、猫は指輪と違って、生きている。

ペルシャ猫にするかどうかは会議が必要になるだろう。いずれにせよその猫は世界で一番甘やかすことになる。それでも余裕ができて、もうなにも怖いものがなくなったならば、指輪も買おうと思っている。恋人は、もう指輪はいらないと何度も言うけど、「必要がないからこそ、必要なんだよ」とその度に私は言い返している。

その猫も私も恋人も、いつかきっとくだらない理由で死んでしまう。

百円の指輪を、それでも恋人は捨てない。

064

ベッドと死と渋谷スクランブル交差点

結婚して一年が経った。確信できたことは一つだけ。好きな人と眠る以上に幸福なことなんてこの世に存在しない、ということ。

それでも、結婚が人生に於ける幸福が約束された出来事だなんて、既婚者の私は、ちっとも思わない。だから式も挙げていない。他人に結婚を勧めようとも思わない。結婚した時には気付かなかったが、唯一強烈なストレスを感じるのは、いつかどちらかが、死ぬほどつまらない理由で、死ぬということだ。こんな日々もある日、決定的に失うことになる。それがいつかはわからない。その恐怖が、昨日も今日もそして明日も半永久的に続くであろうということ。これは、のろけ話なんかじゃない。

赤ちゃんが眠る前にひとしきり泣きわめくのは、自分が死んでしまうような錯覚に囚われるからだと母から聞いたことがある。眠るというのは確かに少し死ぬことだ。

純粋に死にたいと思っていた昔が懐かしい。死にたいと思うのも、死にたくないと思うのも、同じくらい辛いことだと今さらになって知った。

幸福は、絶望だ。明らかに。

恋愛が拷問であるように。それは紙一重の存在ですらない。イコールだ。

その絶望から一生逃れられないのだと思う。たとえ離婚をしても、しなくても。

渋谷スクランブル交差点を初めて見た時、こんなにたくさん人がいるのに、誰一人の名前も知ることなく、その人固有の哀しみも知ることなく、その人の笑顔も見ることなく一生他人のまま別れることが、不気味で仕方ないと思ったことがある。今でもそう思う。みんなそんなことは思っていても、口にはしないだけなのだろうか。本当は、そう思いながら、渋谷スクランブル交差点を誰から見ても美しく見えるように、颯爽としていると誰からも思われるように、歩いているのだろうか。

いつか死んでしまう。死んでも星になれない。永遠になれない。映画にも小説にも詩にもなれない。なにになりたかったのだろう。なにが欲しかったのだろう。もう欲しいものはなに一つないはずなのに。それはたぶん手に入れられないものだ。

でもその正体が分かった日には、悪あがきする準備はいつでもできている。

065

最高の別れ方

別れる人や、離れる人には、その時はたとえそうは思えなくても、いつでも戻ってきていい、と伝えた方がいい。ただし、待つな。と教えてくれた先輩がいた。それは仕事の文脈の話だった。でも、仕事以外にも通ずるものがあり、時々役に立つ。

なにかを捨てるというのは、そのなにかと一緒に生きていた時の自分の人生も一部捨ててしまうということだ。

十年前に使っていた携帯の充電器は、もう部屋のどこを探しても見つからない。家電屋で新しく手に入れられるかどうかさえ怪しい。でもその携帯電話を捨てたらその頃に撮った写真も、誰かと交わしたメールもなくなってしまう。それがどんなに痛々しいものであったとしても、その頃の自分を消したいとは思えない。今の自分も、消えてしまうからだ。

かつて同じ時代、同じ時間を一瞬だけでも共に生きた人を捨てるのは、どんな理由であれ、いつかは正しくなるのだろうか。間違っているかもしれないことさえ恐れもしなかった当時の自分の正しさを捨て去ることも、いつかは正しくなるのだろうか。私は、そうは思えない。

別れは、互いに少し死ぬことだ。

そして別れの終わりは、もう二度と互いに傷つけることも傷つけられることもできない、あの真っ白な空白、その距離に戻ることをいうのだと思う。

私たちは先の約束をする。決して、くだらない理由で死んだりしないように。「さようなら」とか「元気でね」と言い合ってくしゃくしゃになりながら別れた相手とは、不思議と大概また会うことになる。でも「またいつか会おう」と言い合って別れたその日が、本当の最後の別れになったりする。

せめて、誰とどこにいて、なにをしていてもいいから、寝る時くらいはあたたかくしていてほしい。フカフカのベッドにフカフカの枕であればいい。不幸でも幸福でも退屈でも、ただ生きていてほしい。生きていてほしいと祈る以上の愛なんて持てない。それ以上の愛を、私たちは証明できない。

いつかあなたは私を思い出せばいいし、私はあなたを思い出せなくなればいい。

もう互いに、一ミリも死んだり哀しんだりしなくて済むような、そんな最高の別れ方とはなんなのだろうと、好きな人と好きなお酒を飲みながら考えていた。

その時、不意にこんな幼稚な台詞が口を突いて出てきた。「もし十年後、お互い生きていて、お互いのことを覚えていたなら、ふたりでまた、ここのバーに一緒に来よう。お互いがどうあっても、覚えていたら必ずここに来る。片方が忘れてしまったなら、片方はひとり、ここで飲めばいい。どちらも覚えていなければそれはそれでいいよね」と。もちろん、酔った冗談だと相手には思われた。


十年後のことは、本当に好きな人としか約束したいと思えない。

十年後、同じ店のカウンターで、あの時あんなことを言われて傷ついたけど、でもあんな風に傷つけてくれて嬉しかったと、どうしようもない回想話がしたい。あの時、何の気なしにあなたがふと漏らした独り言みたいな台詞が、今でもとても気に入っていると、これもまたどうしようもない話にどうしようもない話を重ねたい。

すべての話を、今ふと思い出したんだけど、と前置きをしながら。本当は、どれ一つとして片時も忘れたことはないことは、秘密にして。

十年後の約束をし続けたいと思う。好きな人と。別れというものへの、悪あがきとして。そしてせめてこれから十年間、くだらない理由で決して死なないために。

死にそうなほど自分が嫌いになった時、
自分を救ってくれるのは
「そんなあなたも好きだ」という、
突き放した微笑のようなたった一人の肯定だ。
たとえその関係が壊れてもその台詞だけは
永久の盾としてその人を守るような気がしている。
たとえそれに守られることが、無意味だとしても。

おわりに

東京。

真昼間の海より、真夜中の海が美しいと感じるのは、まだ僕が若いからだと思う。もしくはフィギュアスケート選手の試合の映像を見ていても、試合中の選手よりも、試合後、その選手に投げつけられた花束を黙々と拾う名もない人たちのことを美しいと思ってしまう。理由は明らかだ。僕が永久に自身に贈られる予定がない花束を拾い集めた側の人間だからだ。ところで、冥王星のことはまだちゃんと好きですか。

こんなことが書きたいのではなかったし、こんな人生を歩む予定ではなかった、と思いながら、こんなことを書いていたら、もう春になって、こんな年齢になっていた。この本の文章は、すべて携帯電話で書いた。メールの下書きに書いては自分で自分に送り続けた。書いている間ずっと、十九歳の時、東京で一人ぼっちだった自分のことを考えていた。

あなたは僕を見つけたつもりだろうけど、もうとっくに遅いよ。さようなら。

恋とか愛とか、そういうものを全否定したい。理由とか意味とか、そういうものを全否定したい。僕たちは甘ったるい言葉から逃げ続ける必要がある。「復讐なんていけない」と誰かに言われたら、「復讐の何が悪い」と言い返すのが脚本家の使命らしい。寂しい夜はどうすればいいか悩むのは仕方ないと良識派に言われた日には、タクシーをぶっ飛ばして、好きな人の家に向かう。電柱を蹴り飛ばしながら真夜中のクラブに飛び込む。燃える夕焼けを前に手元で絡まったままのイヤフォン。涙を流すような人から燃えていく禁水性の惑星。煙草を辞めろと言ってくれた大人が死んで、やがて僕も大人になる。セックスは、どちらかといえば水色に近い。山手線であらゆる言葉を失うということ。すべてが憎たらしい。切ない。愛おしい。僕は東京を愛している。

放課後聴いていた曲が近頃まったく響かなくなった。たくさんの線を引いた小説を読み返しても、手が止まることはなくなった。冬でもお構いなく何度も歩いた夜道は、もうなんでもない道になった。好きだったものは死ぬ、好きだった僕も死ぬ。

いつか僕と好きでも嫌いでもない町で、好きでも嫌いでもない話をしましょう。

F（エフ）
11月生まれ。黒髪。猫が好き。でも猫アレルギー。好きなものは東京タワーと映画と散歩と冬とペルシャ猫、あと女嫌いな女。

いつか別《わか》れる。でもそれは今日《きょう》ではない

2017年4月21日　初版発行
2025年5月30日　45版発行

著者／F《エフ》

発行者／山下　直久

発行／株式会社KADOKAWA
〒102-8177　東京都千代田区富士見2-13-3
電話　0570-002-301（ナビダイヤル）

印刷所／TOPPANクロレ株式会社

ISBN 978-4-04-602011-6　C0095